EDICIONES DE BOLSILLO

LOS CACHORROS

MARIO VARGAS LLOSA

LOS CACHORROS
(PICHULA CUELLAR)

Editorial Lumen

BARCELONA - 1979

Prólogo de
José Miguel Oviedo

Introducción de
Carlos Barral

Diseño de la cubierta
Joaquín Monclús

Propiedad de esta edición:
EDITORIAL LUMEN
Ramón Miquel y Planas, 10, Barcelona-17

Depósito legal: B. 3.086 - 1979
ISBN 84 - 264 - 4003 - 7

**Impreso en: Romanyà/Valls, Verdaguer, 1
Capellades (Barcelona)**

PROLOGO

Después de terminar *La Casa Verde* y mientras se tomaba un respiro antes de empezar su tercera novela, *Conversación en la Catedral*, Mario Vargas Llosa se decidió a escribir una historia que lo venía rondando hacía tiempo: otra vez sobre viejos recuerdos limeños, otra vez con esa indiscernible mezcla de realidad e imaginación, otra vez sobre colegiales de clase media. Su primera versión fue escrita en París, entre junio y diciembre de 1965; la definitiva, en Londres, a fines de 1966. La historia se convirtió en un cuento largo (o novela corta, si se atiende, más que a sus proporciones, a su tensión estructural) que iba a titularse *Pichula Cuéllar*, título brutal y provocador para el lector peruano (la palabra *pichula*, que designa el sexo masculino, es impronunciable y, por cierto, impublicable), pero que finalmente se llamó, con mayor cordialidad, *Los cachorros (Pichula Cuéllar* pasó a ser un discreto subtítulo en la edición original de 1967). Aunque, como

9

el mismo autor lo admite, el libro es un trabajo de menor calado que encaja en medio de las eminencias máximas de sus novelas, no es, de ningún modo, un fruto que pueda considerarse literariamente secundario o residual. Y esto no sólo porque la historia que nos cuenta tiene una notable identidad —es, a la vez, parte y unidad que se suma al mundo novelístico de Vargas Llosa— o porque al trazar la inhibida y trivial psicología del protagonista, el autor endiabladamente haya redondeado una perspicaz caricatura de la adolescencia peruana en crisis, sino, sobre todo, porque *Los cachorros* es una nueva coronación de su maestría técnica, una etapa de experimentación formal que lleva a otros extremos los procedimientos narrativos con los que antes ya nos había pasmado.

Por atmósfera y temática, *Los Cachorros* está muy cerca de *Los jefes* y de *La ciudad y los perros;* pero, estilísticamente, es un libro que deriva de *La Casa Verde*, que quizá no habría podido ser escrito antes que esta novela. Con *La Casa Verde*, Vargas Llosa se acercó a esa novela plenaria que constituye, para él, la forma suprema de representación literaria de la vida misma. Con *Los cachorros* realiza, a su modo y en otra escala, un nuevo intento de totalizar un microcosmos —el de los adolescentes miraflorinos, el mundo de Alberto en *La ciudad y los perros*— y proponer esa instantánea multidimensional como una metáfora, como una alegoría, como una visión tragicómica de la sociedad peruana. Como suele suceder con el autor, los datos que el relato hurta a la realidad son los más increíbles, los más pavorosos: nada menos que un muchacho emasculado por un perro. Se trata de un hecho que ocurrió en algún lugar del Perú y que Vargas Llosa leyó, en un recorte periodístico, años atrás. El asunto era terrible, pero desde el punto de vista literario parecía casi inservible, o mejor, era un asunto que en cierta manera ya había sido utilizado por Hemingway, en *The sun also rises*. Poco a poco, el tema fue convirtiéndose en una obsesión para el autor y hallando su forma propia. Reinventando sobre esa escueta base un protagonista-víctima y poniéndolo en el centro de su historia, Vargas Llosa lo rodeó de personajes, recuerdos y anécdotas emanados de un ambiente, una época que sigue alimentando —como una visión fija, que se resiste a desaparecer— su febril imaginación y su energía creadora: la vida de colegio, etapa que es a la vez su melancólico tiempo perdido y su edad de la razón. Vargas Llosa vuelve sobre sus pasos y encuentra a sus queridos héroes: los jovencitos de la pequeña burguesía limeña que estudian en el Colegio Champagnat de Miraflores.

Se trata de un colegio similar al de La Salle, donde hizo sus estudios el autor y que quedaba en una zona relativamente humilde de Lima, como nos recuerda *La ciudad y los perros*: "La Salle, aunque es un colegio para niños decentes, está en el corazón de Breña, donde pululan los zambos y los obreros" (pág. 29). El vivió, en cambio, en el agradable Miraflores, cerca del Champagnat, donde se ambienta este relato. Ha fundido, pues, recuerdos de lo *vivido* en La Salle, escenas *vistas* en los alrededores del Champagnat y la anécdota *leída* en un diario. En sus correrías de pandilla por las calles y los cines de barrio, los antros del billar y del fulbito, las fiestas juveniles y los jactanciosos flirteos, estos muchachos rinden culto al machismo y a la violencia gratuita, se inventan un código de vida que colma provisionalmente los vacíos de su inadaptación social. Para superar el muro cerrado de la formación familiar y la educación tradicional (que tienen una idea bastante cándida de ellos), adoptan máscaras terribles, rivalizan con el mundo adulto; mintiéndose para llegar a ser lo que quieren, acaban por formar una jauría de tramposos, se convierten en los usurpadores de los grandes papeles y los frenéticos impostores que conocimos en el Leoncio Prado infernal de la primera novela. La profunda identificación de los personajes de Vargas Llosa con las formas de violencia y brutalidad física, se advierte hasta en la fiera jerarquía (zoológica, frecuentemente) a la que son sometidos sus propios nombres: "jefes", "esclavos", "perros", el Jaguar, Boa, la Selvática, los Inconquistables. Ahora se agregan a la lista estos "cachorros", estos niños-bien disfrazados de coléricos a los que afanosamente busca integrarse el personaje signado con el apodo más procaz: Pichula Cuéllar. Cuéllar intenta lo que no intentó el Esclavo en *La ciudad y los perros*: la mimética fusión en el círculo de los "jefes" (Choto, Cingolo, Mañuco, Lalo), de los que mandan e imponen su prestigio, sin tener la capacidad que esa adaptación requiere. Ello explica que su historia tenga un sabor entre ridículo y tristón, que parezca un penoso malentendido.

Hay algo terrible pero también cómico en los "cachoros" miraflorinos; algo que los exalta y los fustra. El caso de Cuéllar es todavía más agudo y, dentro de los pactos del clan, irremediable. El obstáculo que le impide participar en los ritos del machismo es físico: ha sufrido una castración, ha sido herido en el centro de su virilidad. Alrededor de ese hecho, el relato se organiza como una exposición casi didáctica de la rápida ascensión y la lenta caída del héroe imposible. A un ritmo acelerado se muestran los hechos claves que constituyen la vida de los "cachorros", desde el fin de la infancia hasta su entrada a la madurez (de los 8 años a los treinta y tantos, aproximadamente). El proceso se divide en seis partes:

I. Incorporación exitosa al grupo y castración de Cuéllar.

II. Nacimiento del apodo y alegre fama del protagonista.

III. Primera crisis: desadaptación, timidez y fracaso de sus tácticas de defensa.

IV. Crisis definitiva: enamoramiento e imposible declaración a Teresita.

V. Profunda inestabilidad interior y machismo exhibicionista.

VI. Infantilismo, separación del grupo y muerte del protagonista.

Desde su ingreso al colegio, Cuéllar se gana la admiración general de sus compañeros; es estudioso pero también hábil futbolista. Está dotado no sólo para sobrevivir a las presiones del grupo, sino para imponerse a él. Es importante anotar que ni siquiera su emasculación lo exilia inicialmente del aprecio colectivo; al contrario, es un motivo más para que le demuestren su solidaridad y hasta se venguen absurdamente del perro que lo castró: "Ellos lo estábamos vengando, Cuéllar, en cada recreo pedrada y pedrada contra la jaula y él bien hecho, pronto no le quedaría un hueso sano al desgraciado". El accidente, en sí mismo trágico, le abre a Cuéllar las puertas de una vida totalmente distinta del grupo, quizá menos vistosa, quizá más auténtica. La disminución física, que debería alejarlo de las efímeras glorias deportivas, lo aferra más a ellas; el frenesí muscular lo enajena: "cosa rara, en vez de haber escarmentado con el fútbol (¿no era por el fútbol, en cierta forma, que lo mordió Judas?) vino más deportista que nunca. En cambio, los estudios comenzaron a importarle menos". Ocurre que Cuéllar no quiere renunciar a la impostura colectiva y que "ser uno más del grupo" es, para él, un esfuerzo casi profesional de su persona: para cultivar el machismo, el castrado Cuéllar tiene que asumir una ficción de segundo grado (fingir que no es realmente un castrado, fingir que puede fingir la hombría de los demás). Gregario, débil de carácter, bufón de su propio drama, Cuéllar convierte la desgracia sufrida en una chirle fuente de privilegios: sus padres lo miman como a una niña frágil, los profesores son indulgentes con él, los amigos francamente lo envidian. La castración cobra, a los ojos de los demás, un carácter positivo y hasta (lo que parece un helado sarcasmo) deseable: "Desde el accidente te soba, le decíamos, no sabías nada de quebrados y, qué tal raza, te pusieron dieciséis... Quién como tú, decía Choto, te das la gran vida, lástima que Judas no nos mordiera también a nosotros..."

La vida del protagonista empieza entonces a deslizarse como una historieta mediocre y grotesca, cuya persistente falsedad le impide a Cuéllar tomar conciencia de Cuéllar: la labor de Judas es completada por los amigos, por el medio social en el que desarrolla su personalidad. La castración física llega a importar menos, dentro de los términos del relato, que la castración sistemática y la alienación progresiva a que lo somete el grupo; son "las dentelladas del prójimo", como dice Mario Benedetti, [1] las que verdaderamente lo destruyen. Es importante que el personaje nunca aparezca solo: es una especie de emanación de su pandilla, el indefenso objeto de sus miradas. Carece prácticamente de vida propia: ignora la reflexión, ignora el autorreconocimiento. Aunque parezca increíble, acepta con simpatía el apodo creado para humillarlo, para liquidarlo socialmente. En una horrible inversión del código del machismo, el protagonista se infiere a sí mismo la ofensa como un elogio: "y en Primero de Media se había acostumbrado tanto que, más bien, cuando le decían Cuéllar se ponía serio y miraba con desconfianza, como dudando ¿no sería burla? Hasta estiraba la mano a los nuevos amigos diciendo mucho gusto, Pichula Cuéllar a tus órdenes".

Con la turbulenta llegada de la adolescencia, la ficción de Cuéllar empieza a mostrar sus primeras grietas: mientras los compañeros pasan del deporte y del puro vagabundeo, a las enamoradas y a las fiestas de cumpleaños, mientras la edad va reclamando nuevos intereses humanos, Cuéllar se estanca emocionalmente y no participa en el trato social con las chicas. No consigue tener enamorada, tal vez porque eso supone un enfrentamiento estrictamente personal, donde el prestigio de la patota ya no cuenta. Su incipiente erotismo se manifiesta en actos de voyeurismo ("lo veíamos en la oscuridad de la platea, sentadito en las filas de atrás, encendiendo pucho tras pucho, espiando a la disimulada a las parejas que tiraban plan") y, más frecuentemente, en ridículos gestos de matonería y desprecio por las normas (se pelea con Lalo porque éste tiene enamorada, se emborracha y se porta mal en las fiestas, hace competencias de velocidad en su auto, etc.). Como un nuevo signo de disminución y desventaja frente al resto, Cuéllar empieza a tartamudear, a traicionarse bajo su máscara. El grupo lo somete a una nueva y última prueba: la declaración a Teresita Arrarte, la muchacha de la que Cuéllar se enamora sinceramente. No logra vencer el desafío y, pese a que busca nuevos disfraces para disimular los alcances de su impotencia (recobra su sociabilidad, afirma que una operación le devolverá la normalidad, manifiesta vagos intereses "intelectuales" por la política, la religión, el espiritismo, la vida profesional),[2] el fracaso se hace evidente cuando Cachito Arnilla lo reemplaza en el amor de Teresita. El descrédito de Cuéllar es general y las sanciones implacables: "Pero las chicas ahora lo defendían [a Cachito]: bien hecho, de quién iba a ser la culpa sino de él [de Cuéllar], y Chabuca ¿hasta cuándo iba a esperar la pobre Tere que se decidiera?, y la China, qué iba a ser una perrada, al contrario, la perrada se la hizo él, la tuvo perdiendo su tiempo tanto tiempo y Pusy además Cachito es muy bueno, Fina y simpático y pintón y Chabuca y Cuéllar un tímido y la China un maricón".

Así, el protagonista se precipita en el vértigo del infantilismo: mientras la antigua pandilla comienza a desbandarse con los noviazgos, la universidad y la vida adulta, Cuéllar vive a destiempo, a la caza de emociones ya superadas. A las habladurías de la gente, él responde con una inoperante involución a las etapas clásicas del machismo: frecuenta burdeles y bares, se exhibe por despecho (como Miguel, en "Día domingo" de *Los jefes*) corriendo olas en un mar embravecido, se junta con muchachitos: "Su carro andaba siempre repleto de rocanroleros de trece, catorce, quince años y, los domingos, se aparecía en el *"Waikiki"* (hazme socio, papá, la tabla hawaiana era el mejor deporte para no engordar y él también podría ir, cuando hiciera sol, a almorzar con la vieja, junto al mar) con pandillas de criaturas, mírenlo, mírenlo, ahí está..." El desmedido e inútil afán de figuración lo va dejando solo —"resulta cada vez más difícil juntarse con él", comenta la voz anónima del grupo— hasta un punto en que ya no tiene salida. Un día, oscuramente, se mata en la carretera y el epílogo de su destino sólo merece de los amigos un comentario conformista y evasivo: "pobre, decíamos en el entierro, cuánto sufrió, qué vida tuvo, pero este final es un hecho que se lo buscó".

Casi todos los lectores y críticos de este relato han preferido leerlo no como un episodio realista, sino como la trasposición simbólica de sus propios elementos anecdóticos. ¿Cuál es esa intrahistoria que quiere contarnos el autor en *Los cachorros*? ¿Se trata de una "parábola de la integración social"[3] emancipada de toda obligación verista, como afirma Julio Ortega? ¿Es su propósito denunciar que "la educación religiosa ha castrado a toda la generación a la que alude Vargas Llosa" (es decir, la suya propia), como cree Alfonso La Torre?[4] ¿O acaso estamos ante "a parable of the fate an artist is exposed to in Hispanoamerica", como sugiere Wolfgang A. Luchting?[5] ¿O es una ilustración psicoanalítica del complejo de castración? Aún cabría preguntar si este escorzo no nos está diciendo que *cada* etapa formativa del individuo es una castra-

20

ción, una deformación; que la juventud (como ya lo apuntaba en su primera novela) no es una edad dorada sino una atroz marca de fuego que el adulto sobrelleva para siempre. La respuesta es muy ambigua porque el relato también lo es: el autor ha hecho de *Los cachorros* su narración más equívoca y perpleja. Sin duda la tesis de Luchting —la obra como un retrato del artista adolescente— es la más audaz y tentadora, pero ella, como las otras, tiene el inconveniente de que limita el relato sólo a su nivel simbólico. Porque la obra opera también —y muy eficazmente —a un nivel directamente realista. Y éste es un nivel que no sólo conviene tener presente, sino examinar primero.

A la luz de sus libros anteriores, *Los cachorros* resulta una especie de vuelta de tuerca a la temática del machismo. Es como si ahora Vargas Llosa quisiera ofrecer el envés cómico del asunto, la mentira de su drama; por eso, *Los cachorros* parece un libro paródico, un brochazo burlesco en el retrato habitualmente angustioso y ríspido del mundo adolescente. La historia de Pichula Cuéllar está contada como en sordina, mantenida en un nivel dramático deliberadamente más bajo del que podría haber alcanzado: la truculencia deriva en comicidad grotesca. Esto es una novedad casi absoluta en la obra de Vargas Llosa, una de cuyas más notables ausencias (la otra es la ausencia de Dios) es la del humor. "Yo siempre he sido absolutamente inmune al humor en literatura", ha declarado a Luis Harss. "Hiela, congela. El humor es interesante cuando es una manifestación de rebelión: el humor insolente, corrosivo de un Céline. Puede ser una forma de amortiguar. Pero en general el humor es irreal. La realidad contradice al humor." [6] Y Sara Blackburn pudo afirmar que *La Casa Verde* era la obra de un autor "whose sense of humor has been eroded over the years —an aged Faulkner, say, but without the wit".[7] Hemos dicho que el autor presenta la vida de Cuéllar como una historieta; pero esa calidad de su biografía imaginaria se esparce a todo el relato y lo aproxima a las formas narrativas del *comic strip*: la concentración del proceso narrativo en escenas de fácil reconocimiento, su dinamismo gráfico, la constante coordinación sonoro-visual, la reducción de un transcurso real bastante amplio en un *tempo* convencionalmente breve, etc.[8] Julio Ortega ha observado este mismo rasgo al indagar por el problema de la verosimilitud de la obra: "Truculenta, irrisoria, la historia de Pichula Cuéllar se puede leer como un *comic story* tanto por el trazo rápido de sus escenas como por su también irrisorio y satírico uso de escenarios que son tópicos comunes de la adolescencia. Esos escenarios típicos aquí sugieren la caricatura, el pastiche" [9]

Hay una deformante exageración en todo (que al mismo Ortega le induce a creer que la castración es más imaginaria que real), una voluntad de destrozar los ídolos de la niñez y la juventud mostrándolos con las tintas más cargadas. Cuando los "cachorros" hablan de tomar venganza del perro Judas (nombre en sí mismo muy farsesco), Cuéllar divaga y echa mano de los símbolos fantasiosos de los *comics* y los mezcla con la realidad: "cuando saliera iríamos al Colegio de noche, y entraríamos por los techos, viva el jovencito pam pam, el Aguila Enmascarada chas chas, y le haríamos ver estrellas, de buen humor pero flaquito y pálido, a ese perro, como él a mí". Las bromas y las tomaduras de pelo colegiales se incorporan también como parodias de la vida de relación: "quiero ser tu amigo y le mandaba un beso y te adoro, ella sería la vaca y yo seré el toro, ja ja"; "qué ocurrencia, qué tenían, qué nos pasaba (Pusy: la saliva por la boca y la sangre por las venas, ja ja)". Pero es, sobre todo, el uso intensísimo de las onomatopeyas y grafismos lo que

23

recuerda el lenguaje clásico del *comic strip*, es decir, la imagen visual y el sonido convencional (el "globito") unido a ella; estos son algunos ejemplos:

... y Cuéllar sacaba su puñalito y chas chas lo sonaba, deslonjaba y enterrabaaaaaauuuu, mirando al cielo, uuuuuuaaauuuu, las dos manos en la boca, auauauauauauuuu: ¿qué tal gritaba Tarzán?

... absortos en los helados, un semáforo, shhp chupando shhp y saltando hasta el edificio San Nicolás...

... y él vsssst por el Malecón vsssst desde Benavides hasta la Quebrada vsssst en dos minutos cincuenta, ¿lo batí?

... y, de pronto, Pichulita, sssí le gggggustabb-bban, comenzaba, las chicas decenttttes, a tartamudear, sssólo qqqque la flaccca Gamio nnno, ellas ya te muñequeaste y él adddemás no habbbía tiempo por los exámenes y ellos déjenlo en paz...

... quisiera tener un revólver, ¿para qué, hermanito?, con diablos azules, ¿para matarnos?, sí y lo mismo a ese que pasa pam pam y a ti y a mí también pam pam; un domingo invadió la Pelouse del Hipódromo y con su Ford ffffuum embestía a la gente ffffuum que chillaba y saltaba las barreras, aterrada, ffffuum. En los Carnavales, las chicas le huían; las bombardeaba con proyectiles hediondos, cascarones, frutas podridas, globos inflados con pipí y las refregaba con barro, tinta, harina, jabón (de lavar ollas) y betún: salvaje,

24

le decían, cochino, bruto, animal, y se aparecía en las fiestas del «*Terrazas*», en el Infantil del Parque de Barranco, en el baile del «*Lawn Tennis*», sin disfraz, un chisguete de éter en cada mano, píquiti píquiti juas, le di, le di en los ojos, ja ja, píquiti píquiti juas, la dejé ciega, o armado con un bastón para enredarlo en los pies de las parejas y echarlas al suelo : bandangán.

Este realismo cómico quiere mostrar los extremos absurdos y jocosos a los que el culto del machismo puede llegar: *Los cachorros* es un libro antiheroico. Pero lo anterior deja en pie la pregunta sobre el significado que esta visión pueda tener, sobre sus indudables aristas simbólicas. Desde este ángulo, la obra es una metáfora social de inquietante poder alusivo, y dice más de lo que parece. Cuéllar es la encarnación del individuo incapacitado para la vida en sociedad. Para estos efectos, importa relativamente poco que su castración sea física o imaginaria (la *idea* de la castración como algo impuesto por los demás). Cuéllar pertenece a esa raza de seres intimidados a la que pertenece el Esclavo; pero es menos honrado consigo mismo que este (quién, hasta el fin, es la víctima natural de toda la violencia leonciopradina), porque adopta los moldes comunes que le dictan los otros y realiza un doble juego para sobrevivir entre ellos como un igual. La actitud del grupo hacia él pasa de la simpatía inicial al franco repudio, pero aun esa simpatía está condicionada al cumplimiento de las leyes colectivas. Desde el comienzo, la idea del compañerismo infantil ya está viciada:

Y, además, buen compañero. Nos soplaba en los exámenes y en los recreos nos convidaba chupetes, ricacho, tofis, suertudo, le decía Choto, te dan más propina que a nosotros cuatro, y él por las buenas notas que se sacaba, y nosotros *menos mal que eres buena gente*, chanconcito, *eso lo salvaba.*

Ser estudioso no le basta a Cuéllar: tiene que demostrar también que es buen deportista para mantener el aprecio dentro de su pequeña sociedad:

Buena gente pero muy chancón, decía Choto, por los estudios descuida el deporte, y Lalo no era culpa suya, su viejo debía ser un fregado, y Chingolo claro, él se moría por venir con ellos y Mañuco iba estar bien difícil que entrara al equipo, no tenía físico, ni patada, ni resistencia, se cansaba ahí mismo, ni nada. Pero cabecea bien, decía Choto, y además era hincha nuestro, había que meterlo como sea decía Lalo, y Chingolo para que esté con nosotros y Mañuco sí, lo meteríamos, ¡aunque iba a estar más difícil!

26

Hasta podría llegar a entenderse el accidente de Cuéllar como una especie de sanción indirecta que se le infiere por su incompleta adaptación al grupo; al comienzo del relato, Mañuco dice una frase respecto del perro Judas que tiene un ambiguo sentido premonitorio dentro del contexto: "los daneses sólo mordían cuando olían que les tienes miedo". *Ergo*, Cuéllar es castrado *porque* tenía miedo, y su castigo guarda una secreta proporción con su culpa. Progresivamente, la vida de Cuéllar se va haciendo más falsa, más irreal; en su persecución desesperada de los ideales del machismo se niega a aceptar la verdadera adultez: esa alienación lo conducirá a la muerte.

Pero el aspecto simbólico más importante de *Los cachorros* es el que nos muestra la alienación de Cuéllar como un reflejo inverso de otra, más sutil, que se apodera de los amigos que lo condenaron. En el Capítulo 4 del relato hay una escena clave: por un momento, antes de emborracharse completamente, Cuéllar tiene el conmovedor coraje de confesar que ama a Teresa y que la quiere para siempre, mientras los demás hablan de las chicas como un simple medio para probar su virilidad. Por un momento, Cuéllar parece más sincero (y menos enajenado por los mandamientos del código juvenil) que los otros:

Le caería, tendría enamorada y él ¿qué haría? y Choto tiraría plan y Mañuco le agarraría la mano y Chingolo la besaría y Lalo la paletearía su poquito y él ¿y después? y se le iba la voz y ellos ¿después?, y él después, cuando crecieran y tú te casaras, y él y tú y Lalo: qué absurdo, cómo ibas a pensar en eso desde ahora, y además es lo de menos. Un día la largaría, le buscaría pleito con cualquier pretexto y pelearía y así todo se arreglaría y él, queriendo y no queriendo hablar: justamente era eso lo que no quería, porque, porque la quería. Pero un ratito después —diez «Cristales» ya— hermanos, teníamos razón, era lo mejor: le caeré, estaré un tiempo con ella y la largaré.[10]

Al final, la regresión al infantilismo de Cuéllar se dibuja contra un fondo de general aburguesamiento: cuando queda atrás la mitología que unía a los "cachorros", sus destinos se aflojan, se hunden en una próspera mediocridad, repiten pacíficamente el negado ciclo de los padres. A la derrota notoria de Cuéllar, inadaptado para siempre con su mundo, corresponde otra derrota, más lenta y corrosiva, de los que se someten hipócritamente a una sociedad entregada a los falsos valores de la figuración y el dinero. El párrafo que cierra la narración, espléndido por su penetrante ironía,[11] resu-

me esa renuncia a la vida auténtica, esa do-
mesticación de los antiguos rebeldes:

Eran hombres hechos y derechos ya y teníamos todos mujer, carro, hijos que estudiaban en
el Champagnat, la Inmaculada o el Santa María,
y se estaban construyendo una casita para el verano en Ancón, Santa Rosa o las playas del Sur,
y comenzábamos a engordar y a tener canas, ba-
rriguitas, cuerpos blandos, a usar anteojos para
leer, a sentir malestares después de comer y de
beber y aparecían ya en sus pieles algunas pequitas, ciertas arruguitas.

Otra vez, Vargas Llosa se niega a divi-
dir a los hombres en buenos y malos. Es
como si quisiera decirnos que nuestras so-
ciedades burguesas (con su fariseísmo, con
sus anquilosados moldes de vida) son siempre agresivas con el individuo que se rebela
o dañinas para el sujeto que se adapta. Sea
Cuéllar la imagen de la castración espiritual
de la clase media producida por un sistema
educativo-religioso (tesis de La Torre), sea
el símbolo del artista incomprendido y ri-
diculizado por la sociedad (tesis de Luchting), lo cierto es que su historia y la de sus
amigos muestran las consecuencias atroces
que el espíritu burgués, a través de la experiencia de los jóvenes, acarrea a una colec-
tividad como la peruana.

La originalidad mayor del relato no está, sin embargo, en su realismo cómico ni en su simbolismo social, sino en la invención de una forma que constituye uno de los experimentos narrativos más audaces que se hayan intentado en lengua española. *Los cachorros* es un fragmento de una exploración total cuyos alcances todavía no han sido agotados por el autor: es un campo experimental, un "capítulo de ensayo",[12] del que cabe esperar futuros desarrollos. El punto de partida está, como dijimos, en *La Casa Verde*, concretamente en sus procedimientos narrativos pluridimensionales con los que se borraban las fronteras entre "descripción" y "narración", entre "objeto" y "proceso", entre "acción" y "proyecto" Pero Vargas Llosa se planteó su trabajo en términos nuevos: "... sigo luchando con un cuento que está construido (escribe en una carta, mientras redactaba *Los cachorros*) íntegramente sobre este procedimiento, que consiste en expresar simultáneamente la realidad objetiva y la subjetiva en una misma frase, mediante combinaciones rítmicas".[13] Lo consigue haciendo que distintos tiempos y personas verbales sirvan al mismo sujeto psicológico, visto a la vez como un *ellos* y como un *nosotros* en su formulación gramatical.[14] El primer párrafo del relato nos instala de inmediato en un mundo narrativo envolvente y coral:

Todavía llevaban pantalón corto ese año, aún no fumábamos, entre todos los deportes preferían el fútbol y estábamos aprendiendo a correr olas, a zambullirnos desde el segundo trampolín del *«Terrazas»*, y eran traviesos, lampiños, curiosos, muy ágiles, voraces.

Lugares, acciones, diálogos, pensamientos, ruidos, fantasías, observaciones indeterminadas, frases sueltas, etc., todo es arrastrado bajo el empuje de esta prosa espasmódica, galvanizadora, casi líquida, que serpentea y late como un pulso, devorando el espacio y el tiempo. En ese torrente, la ansiada objetividad de Vargas Llosa queda nuevamente a salvo: escribe y dice con la voz de sus protagonistas; es "uno de los personajes y ninguno, y todos; ...a la vez el narrador omnisciente y el que sólo puede referirse a la experiencia vivida" [15]. Llevado por ese ímpetu, el autor ignora audazmente (para desesperación de sus traductores) las últimas vallas del idioma y en los vívidos movimientos de ese organismo verbal cambia de ritmo, suprime verbos, tuerce el sentido del discurso narrativo y confunde las personas de la acción: "los seleccionados nos vestíamos para ir a sus casas a almorzar"; "ellos lo estábamos vengando"; "aunque se secreteaban él, desde mi cama de la clínica, los oyó"; "se los había metido al bolsillo a mis papás"; "al principio ellos le poníamos mala cara"; "entonces volvíamos a nuestras casas y se duchaban y acicalábamos y Cuéllar los recogía en el poderoso Nash", etcétera.

Como en ocasiones anteriores, las analogías más próximas son de orden visual: el efecto estilístico de este procedimiento puede asimilarse al de una cámara cuyo obturador se abriese y cerrase continuamente (Mario Benedetti habla de un "*switch*"), variando cada vez los objetos, el foco, los ángulos, el sujeto; o, directamente, a las imágenes cinematográficas discontinuas y súbitas de Godard o Resnais. El esfuerzo de Vargas Llosa está dirigido a intentar la narración en todas las personas a la vez, hasta disolver los puntos de vista individuales en una sola entidad dramática, en una especie de narrador colectivo que relata en un *continuum* avasallador. Pero si los personajes se unifican en un gran Nosotros, ese Nosotros quisiera abrazar también al lector y hacerlo copartícipe. Benedetti afirma que es "una manera de instalar a su lector en esa culpa tribal, de hacerle sentir de alguna manera un escozor de prójimo"[16].

La intimidad (o complicidad) con el lector está asegurada también por el uso copioso de expresiones de la jerga colegial y por la insinuante captación de los timbres orales (un poco cariñosos, un poco pícaros) del lenguaje limeño. La jerga y los usos locales no son una novedad para los que han pasado por las novelas de Vargas Llosa, pero su frecuencia es aquí mucho más alta que en cualquiera de sus otras obras, y hasta puede temerse que los menos familiarizados con esos giros perderán muchos matices importantes de la historia[17]: la anécdota es, indisolublemente y más que nunca, el lenguaje que la expresa. En cuanto a la presencia masiva de los diminutivos (las escenas en que Teresita habla con Cuéllar y con el grupo, son una exaltación de esta forma encarecedora), crea el tono indulgente y dulzón, íntimo y cordial del texto, y transparenta el infantilismo y la complacencia en la que se van hundiendo los personajes por rechazo o por absorción de la sociedad. Como la alienación es también lingüística, los muchachos repiten mecánicamente las fórmulas verbales que difunden la radio y la jerga deportiva: de Cuéllar dicen que es "un poco

33

loquibambio"; sus virtudes futbolísticas merecen estos comentarios: "¿Cómo has hecho?, le decía Lalo, ¿de dónde sale esa cintura, esos pases, esa codicia de pelota, esos tiros al ángulo?... Sí, ha mejorado mucho, le decía Choto al Hermano Lucio, el entrenador, de veras, y Lalo es un delantero ágil y trabajador, y Chingolo qué bien organizaba el ataque y, sobre todo, no perdía la moral, y Mañuco ¿vio cómo baja hasta el arco a buscar pelota cuando el enemigo va dominando?"

Los cachorros confirma, aun en su brevedad, la destreza del autor para apresar ambientes, conflictos e individualidades que le permiten retratar las contradicciones de la sociedad peruana, y su infatigable voluntad de crearse los instrumentos expresivos que las encarnen en visiones totales, en mitos, en metáforas de validez autónoma. Hasta aquí la tarea creadora de Vargas Llosa ha mostrado claramente cuál es su objetivo: la tenaz invención artística de una realidad. Si aceptamos que los límites del lenguaje son los límites de la realidad, entonces tendremos que aceptar que las obras de Vargas Llosa ponen a prueba todo el tiempo esa verdad. El descubrimiento del tema, tras una lenta sedimentación en la conciencia del autor, como sucedió con este relato, le va imponiendo la necesidad de hallar formas adecuadas de expresarlo, de lograr "una imagen circunscrita por las palabras, de la realidad misma" [18]. La búsqueda no acaba sino cuando él sabe que ha dado con el procedimiento más justo y eficaz, cuando sus ambientes existen en el ámbito verbal que les crea para recobrarlos en una nueva dimensión: la literaria. Sólo entonces adquieren sentido para él y para los lectores. Esa meta exige una fogosa intuición y un sereno dominio de las más variadas técnicas, y Vargas Llosa satisface ambas condiciones. Pisar terrenos conocidos le permite ser audaz, y avanzar a grandes trancos, quemando etapas enteras de experimentación: del realismo escueto y desnudo de *Los jefes*, pasa a la recuperación de una honda experiencia personal a través de múltiples puntos de vista en *La ciudad y los perros*, luego a la complejísima arquitectura de vastos orbes de espacio y tiempo en *La Casa Verde*, de allí a la elaboración de una prosa que prácticamente desborda todos los estandares actuales de la prosa narrativa, en *Los cachorros*, de allí al piramidal laberinto de voces de *Conversación en la Catedral*. Para conocer y reconocerse profundamente en sus mundos de ficción, Vargas Llosa los ha entregado

35

así a las fuerzas todopoderosas de la palabra.

"En última instancia (ha dicho), la literatura no ha sido sino eso: un reflejo, una reconstitución de la realidad a través de otra realidad puramente verbal."[19] Para él, los grandes novelistas son aquellos que incurren en la insensatez de oponer a los macizos mundos reales los mundos totales y mentirosos de la ficción. Sus ficciones quisieran medirse, temerariamente, con ese rasero. Alguna vez, Vargas Llosa señaló los paradigmas literarios del escritor latinoamericano: "Nosotros estamos obligados a ser al mismo tiempo Balzac, Proust y Beckett".[20] Sin quererlo quizá, mencionó los tres modelos supremos hacia los que se orienta su tormentosa, rica y ambiciosa obra narrativa.

José Miguel Oviedo

NOTAS

(1) *Letras del continente mestizo*. Montevideo, Arca, 1967, pág. 199.

(2) Característicamente, sus inclinaciones políticas son reaccionarias («Hitler no fue tan loco como contaban, en unos añitos hizo de Alemania un país que se le emparó a todo el mundo»), y sus ideales profesionales, arribistas («seguiría abogacía... pero no para ser picapleitos sino para entrar a Torre Tagle [la Cancillería peruana] y ser diplomático»).

(3) *La contemplación y la fiesta*. Lima, Editorial Universitaria, 1968, pág. 69.

(4) «*Los cachorros* o la castración generacional». *Expreso*, Lima, noviembre 5, 1967, pág. 15.

(5) «Recent Peruvian Fiction: Vargas Llosa, Ribeyro and Arguedas». *Research Studies*, 35 (4), diciembre 1967, pág. 277.

(6) *Los nuestros*. Buenos Aires, Sudamericana, 1966, pág. 445.

(7) «House affairs». Reseña de *The Green House. The Nation*, marzo 3, 1969, pág. 280.

(8) Cf. Umberto Eco: *Apocalípticos e integrados ante la cultura de masas*. Barcelona, Editorial Lumen, 1968, Cap. «El lenguaje del comic», págs. 69-76. Algunas observaciones de Eco sobre «El mito de Superman» (pág. 257 y ss.) resultan aplicables, por antítesis, a Cuéllar, a quien podría verse como encarnación del mito opuesto: el del hombre que ha perdido los poderes que le otorgaban superioridad.

(9) *Op. cit.*, pág. 64.

(10) Frente a las mujeres, la actitud de Alberto, en *La ciudad y los perros*, es básicamente la misma que la de los «cachorros». Cf. pág. 335 en la edición original de la novela.

(11) Carlos Martínez Moreno («Una hermosa ampliación». *Amaru*, No. 3, Lima, julio-setiembre 1967, pág. 86) cree, al contrario, que es un párrafo innecesario.

(12) Carlos Barral en Introducción a *Los cachorros*. Barcelona, Lumen, 1967, pág. 9.

(13) Carta de enero 22, 1966, cit. por Luchting en: «Recent Peruvian Fiction...», *loc. cit.*, pág. 277.

(14) Martínez Moreno hace una interesante referencia a un planteo formal semejante, aunque sólo «a título de posibilidad cuasi fantástica» (*loc. cit.*, pág. 85), en el comienzo del cuento «Las babas del diablo» de Cortázar. Se puede rastrear más atrás y hallar una insinuación del procedimiento en «Lejana» (de *Bestiario*): «Porque a mí, a la lejana, no la quieren...»

(15) Alfredo Matilla Rivas: Reseña de *Los cachorros*. *Asomante*, San Juan, Vol. XXIV, No. 3, 1968, pág. 99.

(16) *Op. cit.*, pág. 200.

(17) Bastan algunos ejemplos: *siriaba* por 'enamoraba', *buitreándose* por 'vomitándose', *perro muerto* por 'estafa', *tocar violín* por 'quedar al margen', *andaba muca* por 'andaba sin dinero', etc.

(18) Germán Colmenares: «Vargas Llosa y el problema de la realidad en la novela». *Eco*, No. 82, Bogotá, febrero 1967, pág. 409.

(19) Harss, *op. cit.*, pág. 442.

(20) «Conversación con Vargas Llosa» (reportaje por M. F.). *Imagen*, No. 6, Caracas, agosto 1.º-15, 1967.

INTRODUCCION A LA PRIMERA EDICION

Cuando yo le conocí, Vargas Llosa vivía en la rue de Tournon, de espaldas al Jardín del Luxemburgo. Para llegar a la casa había que escoger, un poco al azar, entre distintas puertas de un patio interior muy balzaciano, en cuyos adoquines brillaban todavía las chispas de las antiguas herraduras. La puerta de cristales azulosos y verdes, tembloroso modelo impresionista, se abría sobre una escalera tortuosa y pina, milagrosamente suspendida, cuyos arqueológicos peldaños, decía Vargas, la casera protegía de la intemperie con rigurosas instrucciones de mantener la puerta cerrada para evitar la corrosión. En el rellano inferior al de Vargas vivía un *demi-solde* en cuya puerta se cruzaban dos sables y un estandarte de dragones. Los peldaños gemían como para desesperar a los conspiradores y a los adúlteros. El apartamento era minúsculo. El mínimo de espacio organizado según las necesidades de sobrevivir en torno a la máquina de escribir, el

41

instrumento literario. Un instrumento de presencia absolutamente central; en distintas ocasiones he dormido en un diván en casa de los Vargas las siestas nerviosas del viajero desbordado por las entrevistas sin placer ni cuartel, las madrugadas cianóticas del transeúnte; en cualquier momento, la máquina daba razón de su existencia según un extraño ritmo de pulsaciones y silencios. Vargas, dice uno de nuestros amigos comunes, *c'est une bête à écrire*. Yo creo, más bien, que es un escritor determinado por una forma de vocación poco común en nuestro tiempo.

Cuando quise conocerle, Vargas Llosa era para mí sólo un nombre, el nombre que encabezaba un manuscrito presentado al premio Biblioteca Breve y que había sido una de las mayores y más estimulantes sorpresas de mi carrera de editor. En la primera entrevista me pareció un personaje desconcertante. Un literato sobrio, de ideas tajantes, con frecuencia inesperadamente agresivas, pero en cuyas maneras transparentaba cierta cultivada indulgencia, algo que sugería el brillo mate de los galones de la bordada casaca colonial o el ondulante reflujo de las chorreras en cada inesperada expansión de la jovialidad. Su conversación es fluida, de ritmo cambiante. ¿No?,

42

se pregunta, como subrayando, al final de un período. Construye con precisión, como en la lengua escrita, en una prosa complacida, a menudo salpicada, como sus textos, de locuciones que no deben ser ni peruanismos, que deben pertenecer a un habla de grupo, que deben ser localismos atesorados con sensualidad. Aquellas primeras entrevistas comenzaban siempre, cómo no, en forma de las clásicas discusiones ibéricas acerca de literatura contemporánea, hablábamos luego de literatura en términos menos obvios y nerviosos —Vargas me descubrió sus secretas fuentes, hablándome con raro entusiasmo del Amadís o de Tirante— de poesía, citándonos uno a otro tiradas de versos admirables, y terminaban, indefectiblemente, en consideraciones sobre la vocación y la función del escritor. A estos epílogos de nuestras primeras conversaciones debo la idea central que me he hecho de Vargas con el tiempo y en la que se insertan mis opiniones críticas sobre su obra y la fe que tengo en su futuro literario: Vargas se piensa a sí mismo como un gran escritor, al nivel de aquellos que más admira, y está dispuesto a sacrificarlo todo a la verosimilitud de esa imagen que perfila todo el tiempo con todos los recursos de una inteligencia poderosa y sana. A mi modo de ver, una tal formulación imaginativa de un destino de escritor, formulación que, contra lo que pudiera parecer, menos afecta a la intensidad y sinceridad de la vocación que a su naturaleza, de modo que determina numerosos rasgos de la operación intelectual frente a la experiencia y al modo de elaborarla, marca los límites de la flexibilidad profesional en las relaciones del literato con la literatura. En general un escritor que así se concibe, se expresará con desconfianza respecto a la literatura contemporánea; sus juicios acerca de ella serán cautos y poco apasionados o mejor un tanto agnósticos. Se trata de una zona de la literatura —y la literatura es para un escritor de ese tipo lo más importante— en la que los valores son fluidos y los juicios provisionales. Pero no sólo eso: las obras y los escritores contemporáneos no son susceptibles de levantar las olas de pasión de aquellos y de aquellas del pasado sobre los que se modela la propia imagen, obras que han resistido las contracciones y las dilataciones del tiempo y escritores cuyo esquema de legalidad interna puede seguirse desde el nacimiento a la muerte. A literatos de la constitución de Vargas les he oído decir que la literatura empieza a ser inte-

resante hacia 1850, pero no en el sentido
de la historia, sino en el contrario. Y Vargas, sin llegar a eso, se excita mucho más
fácilmente hablando de Joanot Martorell
o de Flaubert que de sus contemporáneos,
autores del nouveau roman, por ejemplo,
coleccionistas de prótesis narrativas. Por
otra parte una tal imaginación de sí mismo
hace del escritor un eterno insatisfecho de
su obra, de la que las partes escritas no le
parecen sino insuficientes ensayos. Vargas
ha dicho repetidamente a sus entrevistado-
res y críticos que el objeto último de su
actividad de escritor es una novela total,
naturalmente imposible. En un artista que
así piensa no nos sorprende el que las ex-
periencias no se agoten, el que los plan-
teamientos y las situaciones se hagan recu-
rrentes. La obra entera es concebida como
en círculos concéntricos, o mejor como en
una espiral en la que las situaciones y las
significaciones que han impresionado al
artista giran incansablemente sobre el centro y se iluminan según nuevos puntos de
vista.

A quien conozca la obra anterior de
Vargas Llosa el presente texto se le apare-
cerá lleno de relaciones con sus dos primeros libros y le será fácil identificar en un
nuevo desarrollo emociones e ideas que en

otras formas se cuajaron en ellos. En efecto, los temas de la violencia y de la honestidad y fidelidad de la adolescencia en el marco de aquélla, la configuración de las conductas instintivas y tantos otros que aparecían en embrión en el primer libro de cuentos de Vargas, que son el eje de *La ciudad y los perros*, reaparecen o renacen en la historia de Pichula Cuéllar. Y espero que den todavía mucho de sí en la obra futura de Vargas Llosa, al que tengo, como he intentado explicar en estas palabras liminares, por un escritor en el que los motivos y los temas están destinados a crecer y a complicarse dentro del ámbito de una teórica, materialmente imposible obra total de la que la novela corta (¿por qué diablo no se podrá en la tradición española dar un nombre propio a este tipo de relato que excede de las proporciones del cuento sin proponerse las de la novela?) que publica "Palabra e Imagen" es el más reciente de sus "capítulos de ensayo".

Acerca del libro en sí, del relato de Vargas y de las espléndidas fotografías de Miserachs, nada puedo decir que el lector no esté tan capacitado como yo para aprender por sí mismo. Sólo quisiera expresar mi seguridad de que ni uno ni otro, según les conozco, hubieran aceptado esta colaboración entre el relato literario y la sugerencia fotográfica si no hubieran estado absolutamente seguros de su total independencia. Ni Miserachs hubiera querido ilustrar servilmente un texto, ni Vargas hubiera admitido jamás que las especies de la imaginación que están dadas en sus palabras hubieran de coincidir con las que era capaz de captar un fotógrafo sensible. Ante el lector se abren dos series de representaciones orientadas por unos motivos comunes pero que en ningún caso intentan repetirse, dos textos de distinta naturaleza, a lo sumo caminando en la misma dirección, pero que, como las paralelas, no se encuentran en ningún punto.

CARLOS BARRAL, 1967

LOS CACHORROS

A la memoria de
Sebastián Salazar Bondy

1

Todavía llevaban pantalón corto ese año, aún no fumábamos, entre todos los deportes preferían el fútbol y estábamos aprendiendo a correr olas, a zambullirnos desde el segundo trampolín del *"Terrazas"*, y eran traviesos, lampiños, curiosos, muy ágiles, voraces. Ese año, cuando Cuéllar entró al Colegio Champagnat.

Hermano Leoncio, ¿cierto que viene uno nuevo?, ¿para el "Tercero A", Hermano? Sí, el Hermano Leoncio apartaba de un manotón el moño que le cubría la cara, ahora a callar.

Apareció una mañana, a la hora de la formación, de la mano de su papá, y el Hermano Lucio lo puso a la cabeza de la fila porque era más chiquito todavía que Rojas, y en la clase el Hermano Leoncio lo sentó atrás, con nosotros, en esa carpeta vacía, jovencito. ¿Cómo se llamaba? Cuéllar, ¿y tú? Choto, ¿y tú? Chingolo, ¿y tú? Mañuco, ¿y tú? Lalo. ¿Miraflorino? Sí, desde el mes pasado, antes vivía en San Antonio y ahora en Mariscal Castilla, cerca del Cine Colina.

Era chanconcito (pero no sobón): la primera semana salió quinto y la siguiente tercero y después siempre primero hasta el accidente, ahí comenzó a flojear y a sacarse malas notas. Los catorce Incas, Cuéllar, decía el Hermano Leoncio, y él se los recitaba sin respirar, los Mandamientos, las tres estrofas del Himno Marista, la poesía *Mi bandera* de López Albújar: sin respirar. Qué trome, Cuéllar, le decía Lalo y el Hermano muy buena memoria, jovencito, y a nosotros ¡aprendan, bellacos! El se lustraba las uñas en la solapa del saco y miraba a toda la clase por encima del hombro, sobrándose (de a mentiras, en el fondo no era sobrado, sólo un poco loquibambio y juguetón. Y, además, buen compañero. Nos soplaba en los exámenes y en los recreos nos convidaba chupetes, ricacho, tofis, suertudo, le decía Choto, te dan más propina que a nosotros cuatro, y él por las buenas notas que se sacaba, y nosotros menos mal que eres buena gente, chanconcito, eso lo salvaba).

Las clases de la Primaria terminaban a las cuatro, a las cuatro y diez el Hermano Lucio hacía romper filas y a las cuatro y cuarto ellos estaban en la cancha de fútbol.

54

Tiraban los maletines al pasto, los sacos, las corbatas, rápido Chingolo rápido, ponte en el arco antes que lo pesquen otros, y en su jaula Judas se volvía loco, guau, paraba el rabo, guau guau, les mostraba los colmillos, guau guau guau, tiraba saltos mortales, guau guau guau guau, sacudía los alambres. Pucha diablo si se escapa un día, decía Chingolo, y Mañuco si se escapa hay que quedarse quietos, los daneses sólo mordían cuando olían que les tienes miedo, ¿quién te lo dijo?, mi viejo, y Choto yo me treparía al arco, así no lo alcanzaría, y Cuéllar sacaba su puñalito y chas chas lo soñaba, deslonjaba y enterrabaaaaaauuuu, mirando al cielo, uuuuuuaaauuuu, las dos manos en la boca, auauauauauuuuu: ¿qué tal gritaba Tarzán? Jugaban apenas hasta las cinco pues a esa hora salía la Media y a nosotros los grandes nos corrían de la cancha a las buenas o a las malas. Las lenguas afuera, sacudiéndonos y sudando recogían libros, sacos y corbatas y salíamos a la calle. Bajaban por la Diagonal haciendo pases de basquet con los maletines, chápate ésta papacito, cruzábamos el Parque a la altura de *Las Delicias*, ¡la chapé! ¿viste, mamacita?, y en la bodeguita de la esquina de "*D'Onofrio*" comprábamos barquillos ¿de vainilla?, ¿mixtos?, echa un

poco más, cholo, no estafes, un poquito de
limón, tacaño, una yapita de fresa. Y después seguían bajando por la Diagonal, el
"Violín Gitano", sin hablar, la calle Porta,
absortos en los helados, un semáforo, shhp
chupando shhhp y saltando hasta el edificio San Nicolás y ahí Cuéllar se despedía,
hombre, no te vayas todavía, vamos al *"Terrazas"*, le pedirían la pelota al Chino, ¿no
quería jugar por la selección de la clase?
hermano, para eso había que entrenarse un
poco, ven vamos anda, sólo hasta las seis,
un partido de fulbito en el *"Terrazas"*, Cuéllar. No podía, su papá no lo dejaba, tenía
que hacer las tareas. Lo acompañaban hasta su casa, ¿cómo iba a entrar al equipo de
la clase si no se entrenaba?, y por fin aca-
bábamos yéndonos al *"Terrazas"* solos.
Buena gente pero muy chancón, decía
Choto, por los estudios descuida el deporte, y Lalo no era culpa suya, su viejo debía
ser un fregado, y Chingolo claro, él se moría por venir con ellos y Mañuco iba a estar
bien difícil que entrara al equipo, no tenía
físico, ni patada, ni resistencia, se cansaba
ahí mismo, ni nada. Pero cabecea bien, decía Choto, y además era hincha nuestro, había que meterlo como sea decía Lalo, y
Chingolo para que esté con nosotros y Mañuco sí, lo meteríamos, ¡aunque iba a estar
más difícil!

Pero Cuéllar, que era terco y se moría
por jugar en el equipo, se entrenó tanto en
el verano que al año siguiente se ganó el
puesto de interior izquierda en la selección
de la clase: mens sana in corpore sano, decía el Hermano Agustín, ¿ya veíamos?, se
puede ser buen deportista y aplicado en
los estudios, que siguiéramos su ejemplo.
¿Cómo has hecho?, le decía Lalo, ¿de dónde esa cintura, esos pases, esa codicia de
pelota, esos tiros al ángulo? Y él: lo había
entrenado su primo el Chispas y su padre
lo llevaba al Estadio todos los domingos y
ahí, viendo a los craks, les aprendían los
trucos ¿captábamos? Se había pasado los
tres meses sin ir a las matinés ni a las playas, sólo viendo y jugando fútbol mañana
y tarde, toquen esas pantorrillas, ¿no se
habían puesto duras? Sí, ha mejorado mucho, le decía Choto al Hermano Lucio, de
veras, y Lalo es un delantero ágil y trabajador, y Chingolo qué bien organizaba el
ataque y, sobre todo, no perdía la moral, y
Mañuco ¿vio cómo baja hasta el arco a
buscar pelota cuando el enemigo va dominando, Hermano Lucio?, hay que meterlo
al equipo. Cuéllar se reía feliz, se soplaba
las uñas y se las lustraba en la camiseta
de "Cuarto A", mangas blancas y pechera
azul: ya está, le decíamos, ya te metimos
pero no te sobres.

En julio, para el Campeonato Inter-
años, el Hermano Agustín autorizó al equipo de "Cuarto A" a entrenarse dos veces
por semana, los lunes y los viernes, a la
hora de Dibujo y Música. Después del segundo recreo, cuando el patio quedaba va-
cío, mojadito por la garúa, lustrado como
un chimpún nuevecito, los once seleccionados bajaban a la cancha, nos cambiábamos
el uniforme y, con zapatos de fútbol y bu-
zos negros, salían de los camarines en fila
india, a paso gimnástico, encabezados por
Lalo, el capitán. En todas las ventanas de
las aulas aparecían caras envidiosas que
espiaban sus carreras, había un vientecito
frío que arrugaba las aguas de la piscina
(¿tu te bañarías?, después del match, ahora no, brrr qué frío), sus saques, y movía
las copas de los eucaliptos y ficus del Parque que asomaban sobre el muro amarillo
del Colegio, sus penales y la mañana se iba
volando: entrenamos regio, decía Cuéllar,
bestial, ganaremos. Una hora después el
Hermano Lucio tocaba el silbato y, mientras se desaguaban las aulas y los años
formaban en el patio, los seleccionados nos
vestíamos para ir a sus casas a almorzar.
Pero Cuéllar se demoraba porque (te
copias todas las de los craks, decía Chingolo, ¿quién te crees?, ¿Toto Terry?) se me-

tía siempre a la ducha después de los en-
trenamientos. A veces ellos se duchaban
también, guau, pero ese día, guau guau,
cuando Judas se apareció en la puerta de
los camarines, guau guau guau, sólo Lalo
y Cuéllar se estaban bañando: guau guau
guau guau. Choto, Chingolo y Mañuco sal-
taron por las ventanas, Lalo chilló se esca-
pó mira hermano y alcanzó a cerrar la
puertecita de la ducha en el hocico mismo
del danés. Ahí, encogido, losetas blancas,
azulejos y chorritos de agua, temblando,
oyó los ladridos de Judas, el llanto de Cuéllar, sus gritos, y oyó aullidos, saltos, cho-
ques, resbalones y después sólo ladridos, y
un montón de tiempo después, les juro
(pero cuánto, decía Chingolo, ¿dos minutos?, más hermano, y Choto ¿cinco?, más
mucho más), el vozarrón del Hermano Lucio, las lisuras de Leoncio (¿en español,
Lalo?, sí, también en francés, ¿le enten-
días?, no, pero se imaginaba que eran lísu-
ras, idiota, por la furia de su voz), los ca-
rambas, Dios mío, fueras, sapes, largo largo, la desesperación de los Hermanos, su
terrible susto. Abrió la puerta y ya se lo
llevaban cargado, lo vio apenas entre las
sotanas negras, ¿desmayado?, sí, ¿calato,
Lalo?, sí y sangrando, hermano, palabra,
qué horrible: el baño entero era purita san-

gre. Qué más, qué pasó después mientras yo
me vestía, decía Lalo, y Chingolo el Hermano Agustín y el Hermano Lucio metieron a
Cuéllar en la camioneta de la Dirección, los
vimos desde la escalera, y Choto arranca-
ron a ochenta (Mañuco cien) por hora, tocando bocina y bocina como los bomberos,
como una ambulancia. Mientras tanto el
Hermano Leoncio perseguía a Judas que
iba y venía por el patio dando brincos, vo-
lantines, lo agarraba y lo metía a su jaula
y por entre los alambres (quería matarlo,
decía Choto, si lo hubieras visto, asustaba)
lo azotaba sin misericordia, colorado, el
moño bailándole sobre la cara.

Esa semana, la misa del domingo, el
rosario del viernes y las oraciones del principio y del fin de las clases fueron por el
restablecimiento de Cuéllar, pero los Hermanos se enfurecían si los alumnos habla-
ban entre ellos del accidente, nos chapaban
y un cocacho, silencio, toma, castigado hasta la seis. Sin embargo ése fue el único
tema de conversación en los recreos y en
las aulas, y el lunes siguiente cuando, a la
salida del Colegio, fueron a visitarlo a la
"Clínica Americana", vimos que no tenía
nada en la cara ni en las manos. Estaba en
un cuartito lindo, hola Cuéllar, paredes
blancas y cortinas cremas, ¿ya te sanaste,

cumpita?, junto a un jardín con florecitas, pasto y un árbol. Ellos lo estábamos vengando, Cuéllar, en cada recreo pedrada y pedrada contra la jaula de Judas y él bien hecho, prontito no le quedaría un hueso sano al desgraciado, se reía, cuando saliera iríamos al Colegio de noche y entraríamos por los techos, viva el jovencito pam pam, el Aguila Enmascarada chas chas, y le haríamos ver estrellas, de buen humor pero flaquito y pálido, a ese perro, como él a mí. Sentadas a la cabecera de Cuéllar había dos señoras que nos dieron chocolates y se salieron al jardín, corazón, quédate conversando con tus amiguitos, se fumarían un cigarrillo y volverían, la del vestido blanco es mi mamá, la otra una tía. Cuenta, Cuéllar, hermanito, qué pasó, ¿le había dolido mucho?, muchísimo, ¿dónde lo había mordido?, ahí pues, y se muñequeó, ¿en la pichulita?, sí, coloradito, y se rió y nos reímos y las señoras desde la ventana adiós, adiós corazón, y a nosotros sólo un momentito más porque Cuéllar todavía no estaba curado y él chist, era un secreto, su viejo no quería, tampoco su vieja, que nadie supiera, mi cholo, mejor no digas nada, para qué, había sido en la pierna no más, corazón ¿ya? La operación duró dos horas, les dijo, volvería al Colegio dentro de diez

días, fíjate cuántas vacaciones qué más
quieres le había dicho el doctor. Nos fuimos y en la clase todos querían saber, ¿le
cosieron la barriga, cierto?, ¿con aguja e
hilo, cierto? Y Chingolo cómo se empavó
cuando nos contó, ¿sería pecado hablar de
eso?, Lalo no, qué iba a ser, a él su mamá
le decía cada noche antes de acostarse ¿ya
te enjuagaste la boca, ya hiciste pipí?, y
Mañuco pobre Cuéllar, qué dolor tendría,
si un pelotazo ahí sueña a cualquiera cómo
sería un mordisco y sobre todo piensa en
los colmillos que se gasta Judas, cojan pie-
dras, vamos a la cancha, a la una, a las dos,
a las tres, guau guau guau guau, ¿le gustaba?, desgraciado, que tomara y aprendiera.
Pobre Cuéllar, decía Choto, ya no podría
lucirse en el Campeonato que empieza mañana, y Mañuco tanto entrenarse de balde
y lo peor es que, decía Lalo, esto nos ha
debilitado el equipo, hay que rajarse si no
queremos quedar a la cola, muchachos, ju-
ren que se rajarán.

2

Sólo volvió al Colegio después de Fiestas Patrias y, cosa rara, en vez de haber escarmentado con el fútbol (¿no era por el fútbol, en cierta forma, que lo mordió Judas?) vino más deportista que nunca. En cambio, los estudios comenzaron a importarle menos. Y se comprendía, ni tonto que fuera, ya no le hacía falta chancar: se presentaba a los exámenes con promedios muy bajos y los Hermanos lo pasaban, malos ejercicios y óptimo, pésimas tareas y aprobado. Desde el accidente te soban, le decíamos, no sabías nada de quebrados y, qué tal raza, te pusieron dieciséis. Además, lo hacían ayudar misa, Cuéllar lea el catecismo, llevar el gallardete del año en las procesiones, borre la pizarra, cantar en el coro, reparta las libretas, y los primeros viernes entraba al desayuno aunque no comulgara. Quién como tú, decía Choto, te das la gran vida, lástima que Judas no nos mordiera también a nosotros, y él no era por eso: los Hermanos lo sobaban de miedo a su viejo. Bandidos, qué le han hecho a mi hijo, les cierro el Colegio, los mando a la cárcel, no saben quién soy, iba a matar a esa maldita fiera y al Hermano Director, calma, cálmese señor, lo sacudió del babero. Fue así, palabra, decía Cuéllar, su viejo se lo había contado a su vieja y aunque se secreteaban él, desde mi cama de la clínica, los oyó: era por eso que lo sobaban, no más. ¿Del babero?, qué truquero, decía Lalo, y Chingolo a lo mejor era cierto, por algo había desaparecido el maldito animal. Lo habrán vendido, decíamos, se habrá escapado, se lo regalarían a alguien, y Cuéllar no, no, seguro que su viejo vino y lo mató, él siempre cumplía lo que prometía. Porque una mañana la jaula amaneció vacía y una semana después, en lugar de Judas, ¡cuatro conejitos blancos! Cuéllar, lléveles lechugas, ah compañerito, déles zanahorias, cómo te sobaban, cámbieles el agua y él feliz.

Pero no sólo los Hermanos se habían puesto a mimarlo, también a sus viejos les dio por ahí. Ahora Cuéllar venía todas las tardes con nosotros al *Terrazas* a jugar fulbito (¿tu viejo ya no se enoja?, ya no, al contrario, siempre le preguntaba quién ganó el match, mi equipo, cuántos goles metiste, ¿tres?, ¡bravo!, y el no te molestes, mamá, se me rasgó la camisa jugando, fue casualidad, y ella sonsito, qué importaba, corazoncito, la muchacha se la cosería y te serviría para dentro de casa, que le diera un beso) y después nos íbamos a la cazuela del Excélsior, del Ricardo Palma o del Leuro a ver seriales, dramas impropios para señoritas, películas de Cantinflas y Tin Tan. A cada rato le aumentaban las propinas y me compran lo que quiero, nos decía, se los había metido al bolsillo a mis papás, me dan gusto en todo, los tenía aquí, se mueren por mí. El fue el primero de los cinco en tener patines, bicicleta, motocicleta y ellos Cuéllar que tu viejo nos regale una Copa para el Campeonato, que los llevara a la piscina del Estadio a ver nadar a Merino y al Conejo Villarán y que nos recogiera en su auto a la salida de la vermuth, y su viejo nos la regalaba y los llevaba y nos recogía en su auto: sí, lo tenía aquí.

Por ese tiempo, no mucho después del accidente, comenzaron a decirle Pichulita. El apodo nació en la clase, ¿fue el sabido de Gumucio el que lo inventó?, claro, quién iba a ser, y al principio Cuéllar, Hermano, lloraba, me están diciendo una mala palabra, como un marica, ¿quién?, ¿qué te dicen?, una cosa fea, Hermano, le daba vergüenza repetírsela, tartamudeando y las lá-

65

5

grimas que se le saltaban, y después en los
recreos los alumnos de otros años Pichulita qué hubo, y los mocos que se le salían,
cómo estás, y él Hermano, fíjese, corría
donde Leoncio, Lucio, Agustín o el profesor
Cañón Paredes: ése fue. Se quejaba y también se enfurecía, qué has dicho, Pichulita
he dicho, blanco de cólera, maricón, tem-
blándole las manos y la voz, a ver repite
si te atreves, Pichulita, ya me atreví y qué
pasaba y él entonces cerraba los ojos y, tal
como le había aconsejado su papá, no te
dejes muchacho, se lanzaba, rómpeles la
jeta, y los desafiaba, le pisas el pie y bandangán, y se trompeaba, un sopapo, un ca-
bezazo, un patadón, donde fuera, en la fila
o en la cancha, lo mandas al suelo y se acabó, en la clase, en la capilla, no te fregarán
más. Pero más se calentaba y más lo fas-
tidiaban y una vez, era un escándalo, Hermano, vino su padre echando chispas a la
Dirección, martirizaban a su hijo y él no
lo iba a permitir. Que tuviera pantalones,
que castigara a esos mocosos o lo haría él,
pondría a todo el mundo en su sitio, qué
insolencia, un manotazo en la mesa, era el
colmo, no faltaba más. Pero le habían pe-
gado el apodo como una estampilla y, a
pesar de los castigos de los Hermanos, de
los sean más humanos, ténganle un poco de

piedad del Director, y a pesar de los llantos
y a las pataletas y las amenazas y golpes de
Cuéllar, el apodo salió a la calle y poquito
a poco fue corriendo por los barrios de Miraflores y nunca más pudo sacárselo de encima, pobre. Pichulita pasa la pelota, no
seas angurriento, ¿cuánto te sacaste en ál-
gebra, Pichulita?, te cambio una fruna,
Pichulita, por una melcocha, y no dejes de
venir mañana al paseo a Chosica, Pichulita, se bañarían en el río, los Hermanos
llevarían guantes y podrás boxear con Gumucio y vengarte, Pichulita, ¿tienes botas?,
porque habría que trepar al cerro, Pichulita, y al regreso todavía alcanzarían la vermuth, Pichulita, ¿te gustaba el plan?

También a ellos, Cuéllar, que al comienzo nos cuidábamos, cumpa, comenzó a sa-
lírseles, viejo, contra nuestra voluntad, hermano, hincha, de repente Pichulita y él, colorado, ¿qué?, o pálido ¿tú también, Chingolo?, abriendo mucho los ojos, hombre,
perdón, no había sido con mala intención,
¿él también, su amigo también?, hombre,
Cuéllar, que no se pusiera así, si todos se
lo decían a uno se le contagiaba, ¿tú también, Choto?, y se le venía a la boca sin que-
rer, ¿él también, Mañuco?, ¿así le decíamos
por la espalda?, ¿se daba media vuelta y
ellos Pichulita, cierto? No, qué ocurencia,

lo abrazábamos, palabra que nunca más y
además por qué te enojas, hermanito, era
un apodo como cualquier otro y por último
¿al cojito Pérez no le dices tú Cojinoba y al
bizco Rodríguez Virolo o Mirada Fatal y
Pico de Oro al tartamudo Rivera? ¿Y no le
decían a él Choto y a él Chingolo y a él Mañuco y a él Lalo? No te enojes, hermanón,
sigue jugando, anda, te toca.

Poco a poco fue resignándose a su apodo
y en Sexto año ya no lloraba ni se ponía
matón, se hacía el desentendido y a veces
hasta bromeaba, Pichulita no ¡Pichulaza ja
ja!, y en Primero de Media se había acostumbrado tanto que, más bien, cuando le
decían Cuéllar se ponía serio y miraba con
desconfianza, como dudando, ¿no sería burla? Hasta estiraba la mano a los nuevos
amigos diciendo mucho gusto, Pichula Cuéllar a tus órdenes.

No a las muchachas, claro, sólo a los
hombres. Porque en esa época, además de
los deportes, ya se interesaban por las chicas. Habíamos comenzado a hacer bromas,
en las clases, oye, ayer lo vi a Pirulo Martínez con su enamorada, en los recreos, se pa-
seaban de la mano por el Malecón y de repente ¡pum, un chupete!, y a las salidas
¿en la boca?, sí y se habían demorado un
montón de rato besándose. Al poco tiempo,

ése fue el tema principal de sus conversaciones. Quique Rojas tenía una hembrita mayor que él, rubia, de ojazos azules y el domingo Mañuco los vio entrar juntos a la matiné del Ricardo Palma y a la salida ella estaba despeinadísima, seguro habían tirado plan, y el otro día en la noche Choto lo pescó al venezolano de Quinto, ese que le dicen Múcura por la bocaza, viejo, en un auto, con una mujer muy pintada y, por supuesto, estaban tirando plan, y tú, Lalo, ¿ya tiraste plan?, y tú, Pichulita, ja ja, y a Mañuco le gustaba la hermana de Perico Sáenz, y Choto iba a pagar un helado y la cartera se le cayó y tenía una foto de una Caperucita Roja en una fiesta infantil, ja ja, no te muñequees, Lalo, ya sabemos que te mueres por la flaca Rojas, y tú Pichulita ¿te mueres por alguien?, y él no, colorado, todavía, o pálido, no se moría por nadie, y tú y tú, ja ja.

Si salíamos a las cinco en punto y corríamos por la Avenida Pardo como alma que lleva el diablo, alcanzaban justito la salida de las chicas del Colegio La Reparación. Nos parábamos en la esquina y fíjate, ahí estaban los ómnibus, eran las de Tercero y la de la segunda ventana es la hermana del cholo Cánepa, chau, chau, y ésa, mira, háganle adiós, se rio, se rio, y la chi-

quita nos contestó, adiós, adiós, pero no era
para ti, mocosa, y ésa y ésa. A veces les llevábamos papelitos escritos y se los lanza-
ban a la volada, qué bonita eres, me gustan
tus trenzas, el uniforme te queda mejor que
a ninguna, tu amigo Lalo, cuidado, hombre,
ya te vio la monja, las va a castigar, ¿cómo
te llamas?, yo Mañuco, ¿vamos el domingo
al cine?, que le contestara mañana con un
papelito igual o haciéndome a la pasada del
ómnibus con la cabeza que sí. Y tú Cuéllar,
¿no le gustaba ninguna?, sí, esa que se sien-
ta atrás, ¿la cuatrojos?, no no, la de al la-
dito, por qué no le escribía entonces, y él
qué le ponía, a ver, a ver, ¿quieres ser mi
amiga?, no, qué bobada, quería ser su amigo y le mandaba un beso, sí, eso estaba mejor, pero era corto, algo más conchudo,
quiero ser tu amigo y le mandaba un beso
y te adoro, ella sería la vaca y yo seré el
toro, ja ja. Y ahora firma tu nombre y tu
apellido y que le hiciera un dibujo, ¿por
ejemplo cuál?, cualquiera, un torito, una
florecita, una pichulita, y así se nos pasaban las tardes, correteando tras los ómnibus del Colegio La Reparación y, a veces,
íbamos hasta la Avenida Arequipa a ver a
las chicas de uniformes blancos del Villa
María, ¿acababan de hacer la primera co-
munión? les gritábamos, e incluso tomaban

el Expreso y nos bajábamos en San Isidro para espiar a las del Santa Ursula y a las del Sagrado Corazón. Ya no jugábamos tanto fulbito como antes.

Cuando las fiestas de cumpleaños se convirtieron en fiestas mixtas, ellos se quedaban en los jardines, simulando que jugaban a la pega tú la llevas, la berlina adivina quién te dijo o matagente ¡te toqué!, mientras que éramos puro ojos, puro oídos, ¿qué pasaba en el salón?, ¿qué hacían las chicas con esos agrandados, qué envidia, que ya sabían bailar? Hasta que un día se decidieron a aprender ellos también y entonces nos pasábamos sábados, domingos íntegros, bailando entre hombres, en casa de Lalo, no, en la mía que es más grande era mejor, pero Choto tenía más discos, y Mañuco pero yo tengo a mi hermana que puede enseñarnos y Cuéllar no, en la de él, sus viejos ya sabían y un día toma, su mamá, corazón, le regalaba ese pic-up, ¿para él solito?, sí ¿no quería aprender a bailar? Lo pondría en su cuarto y llamaría a sus amiguitos y se encerraría con ellos cuanto quisiera y también cómprate discos, corazón, anda a *"Discocentro"*, y ellos fueron y escogimos huarachas, mambos, boleros y valses y la cuenta la mandaban a su viejo, no más, el señor Cuéllar, dos ocho cinco Mariscal Castilla.

El vals y el bolero eran fáciles, había que tener memoria y contar, uno aquí, uno allá, la música no importaba tanto. Lo difícil eran la huaracha, tenemos que aprender figuras, decía Cuéllar, el mambo, y a dar vueltas y soltar a la pareja y lucirnos. Casi al mismo tiempo aprendimos a bailar y a fumar, tropezándonos, atorándose con el humo de los "Lucky" y "Viceroy", brincando hasta que de repente ya hermano, lo agarraste, salía, no lo pierdas, muévete más, mareándonos, tosiendo y escupiendo, ¿a ver, se lo había pasado?, mentira, tenía el humo bajo la lengua, y Pichulita yo, que le contáramos a él, ¿habíamos visto?, ocho, nueve, diez, y ahora lo botaba: ¿sabía o no sabía golpear? Y también echarlo por la nariz y agacharse y dar una vueltecita y levantarse sin perder el ritmo.

Antes, lo que más nos gustaba en el mundo eran los deportes y el cine, y daban cualquier cosa por un match de fútbol, y ahora en cambio lo que más eran las chicas y el baile y por lo que dábamos cualquier cosa era una fiesta con discos de Pérez Prado y permiso de la dueña de la casa para fumar. Tenían fiestas casi todos los sábados y cuando no íbamos de invitados nos zampábamos y, antes de entrar, se metían a la bodega de la esquina y le pedíamos al chino, golpeando el mostrador con el puño: ¡cinco capitanes! Seco y volteado, decía Pichulita, así, glu glu, como hombres, como yo.

Cuando Pérez Prado llegó a Lima con su orquesta, fuimos a esperarlo a la Córpac, y Cuéllar, a ver quién se aventaba como yo, consiguió abrirse paso entre la multitud, llegó hasta él, lo cogió del saco y le gritó "¡Rey del mambo!". Pérez Prado le sonrió y también me dio la mano, les juro, y le firmó su álbum de autógrafos, miren. Lo siguieron, confundidos en la caravana de hinchas, en el auto de Boby Lozano, hasta la Plaza San Martín y a pesar de la prohibición del Arzobispo y de las advertencias de los Hermanos del Colegio Champagnat, fuimos a la Plaza de Acho, a Tribuna de Sol, a ver el campeonato nacional de mambo. Cada noche, en casa de Cuéllar, ponían Radio "El Sol" y escuchábamos, frenéticos, qué trompeta, hermano, qué ritmo, la audición de Pérez Prado, qué piano.

Ya usaban pantalones largos entonces, nos peinábamos con gomina y habían desarrollado, sobre todo Cuéllar, que de ser el más chiquito y el más enclenque de los cinco pasó a ser el más alto y el más fuerte. Te has vuelto un Tarzán, Pichulita, le decíamos, qué cuerpazo te echas al diario.

3

El primero en tener enamorada fue Lalo, cuando andábamos en Tercero de Media. Entró una noche al *"Cream Rica"*, muy risueño, ellos qué te pasa y él, radiante, sobrado como un pavo real: le caí a Chabuca Molina, me dijo que sí. Fuimos a festejarlo al *"Chasqui"* y, al segundo vaso de cerveza, Lalo, qué le dijiste en tu declaración, Cuéllar comenzó a ponerse nerviosito, ¿le había agarrado la mano?, pesadito, qué había hecho Chabuca, Lalo, y preguntón ¿la besaste, di? El nos contaba, contento, y ahora les tocaba a ellos, salud, hecho un caramelo de felicidad, a ver si nos apurábamos a tener enamorada y Cuéllar, golpeando la mesa con su vaso, cómo fue, qué dijo, qué le dijiste, qué hiciste. Pareces un cura, Pichulita, decía Lalo me estás confesando y Cuéllar cuenta, cuenta, qué más. Se tomaron tres *"Cristales"* y, a medianoche, Pichulita se zampó. Recostado contra un poste, en plena Avenida Larco, frente a la Asistencia Pública, vomitó: cabeza de pollo, le decíamos, y también qué desperdicio, botar así la cerveza con lo que costó, qué derroche. Pero él, nos traicionaste, no estaba con ganas de bromear, Lalo traidor, echando espuma, te adelantaste, buitreándose la camisa, caerle a una chica, el pantalón, y ni siquiera contarnos que la siriaba, Pichulita, agáchate un poco, te estás manchando hasta el alma, pero él nada, eso no se hacía, qué te importa que me manche, mal amigo, traidor. Después, mientras lo limpiábamos, se le fue la furia y se puso sentimental: ya nunca más te veríamos, Lalo. Se pasaría los domingos con Chabuca y nunca más nos buscarás, maricón. Y Lalo qué ocurrencia, hermano, la hembrita los amigos eran dos cosas distintas pero no se oponen, no había que ser celoso, Pichulita, tranquilízate, y ellos dense las manos pero Cuéllar no quería, que Chabuca le diera la mano, yo no se la doy. Lo acompañamos hasta su casa y todo el camino estuvo murmurando cállate viejo y requintando, ya llegamos, entra despacito, despacito, pasito a pasito como un ladrón, cuidadito, si haces bulla tus papis se despertarán y te pescarán. Pero él comenzó a gritar, a ver, a patear la puerta de su casa, que se despertaran y lo pescaran y qué iba a pasar, cobardes, que no nos fuéramos, él no les tenía miedo a sus viejos, que nos quedáramos y viéramos. Se ha picado, decía Mañuco, mientras corríamos hacia la Diagonal, dijiste le caí a Chabuca y mi cumpa cambió de cara y de humor, y Choto era envidia, por eso se emborrachó y Chingolo sus viejos lo iban a matar. Pero no le hicieron nada. ¿Quién te abrió la puerta?, mi mamá y ¿qué pasó?, le decíamos, ¿te pegó? No, se echó a llorar, corazón, cómo era posible, cómo iba a tomar licor a su edad, y también vino mi viejo y lo riñó, no más, ¿no se repetiría nunca?, no papá, ¿le daba vergüenza lo que había hecho?, sí. Lo bañaron, lo acostaron y a la mañana siguiente les pidió perdón. También a Lalo, hermano, lo siento, ¿la cerveza se me subió, no?, ¿te insulté, te estuve fundiendo, no? No, qué adefesio, cosa de tragos, choca esos cinco y amigos, Pichulita, como antes, no pasó nada.

Pero pasó algo: Cuéllar comenzó a hacer locuras para llamar la atención. Lo festejaban y le seguíamos la cuerda, ¿a que me robo el carro del viejo y nos íbamos a dar curvas a la Costanera, muchachos?, a que no hermano, y él se sacaba el Chevrolet de su papá y se iban a la Costanera; ¿a que bato el récord de Boby Lozano?, a que no hermano, y él vssssst por el Malecón vsssst desde Benavides hasta la Quebrada vsssst

en dos minutos cincuenta, ¿lo batí?, sí y
Mañuco se persignó, lo batiste, y tú qué
miedo tuviste, rosquetón; ¿a que nos invi-
taba al *"Oh, qué bueno"* y hacíamos perro
muerto?, a que no hermano, y ellos iban al
"Oh, qué bueno", nos atragantábamos de
hamburguers y de milk-shakes, partían uno
por uno y desde la Iglesia del Santa María
veíamos a Cuéllar hacerle un quite al mozo
y escapar ¿qué les dije?; ¿a que me vuelo
todos los vidrios de esa casa con la escopeta
de perdigones de mi viejo?, a que no, Pichulita, y él se los volaba. Se hacía el loco para
impresionar, pero también para ¿viste, viste? sacarle cachita a Lalo, tú no te atreviste
y yo sí me atreví. No le perdona la de Chabuca, decíamos, qué odio le tiene.

En Cuarto de Media, Choto le cayó a
Fina Salas y le dijo que sí, y Mañuco a Pusy
Lañas y también que sí. Cuéllar se encerró
en su casa un mes y en el Colegio apenas si
los saludaba, oye, qué te pasa, nada, ¿por
qué no nos buscaba, por qué no salía con
ellos?, no le provocaba salir. Se hace el misterioso, decían, el interesante, el torcido, el
resentido. Pero poco a poco se conformó
y volvió al grupo. Los domingos, Chingolo y
él se iban solos a la matiné (solteritos, les
decíamos, viuditos), y después mataban el
tiempo de cualquier manera, aplanando ca-

lles, sin hablar o apenas vamos por aquí, por allá, las manos en los bolsillos, oyendo discos en casa de Cuéllar, leyendo chistes o jugando naipes, y a las nueve se caían por el Parque Salazar a buscar a los otros, que a esa hora ya estábamos despidiendo a las enamoradas. ¿Tiraron buen plan?, decía Cuéllar, mientra nos quitábamos los sacos, se aflojaban las corbatas y nos remangábamos los puños en el Billar de la Alameda Ricardo Palma, ¿un plancito firme, muchachos?, la voz enferma de pica, envidia y malhumor, y ellos cállate, juguemos, ¿mano, lengua?, pestañeando como si el humo y la luz de los focos le hincaran los ojos, y nosotros ¿le daba cólera, Pichulita?, ¿por qué en vez de picarse no se conseguía una hembrita y paraba de fregar?, y él ¿se chupetearon?, tosiendo y escupiendo como un borracho, ¿hasta atorarse?, taconeando, ¿les levantaron la falda, les metimos el dedito?, y ellos la envidia lo corroía, Pichulita, ¿bien riquito, bien bonito?, lo enloquecía, mejor se callaba y empezaba. Pero él seguía, incansable, ya, ahora en serio, ¿qué les habíamos hecho?, ¿las muchachas se dejaban besar cuánto tiempo?, ¿otra vez, hermano?, cállate, ya se ponía pesado, y una vez Lalo se enojó: mierda, iba a partirle la jeta, hablaba como si las enamoradas fueran cholitas de plan. Los separamos y los hicieron amistar, pero Cuéllar no podía, era más fuerte que él, cada domingo con la misma vaina: a ver ¿cómo les fue?, que contáramos, ¿rico el plan?

En Quinto de Media, Chingolo le cayó a la Bebe Romero y le dijo que no, a la Tula Ramírez y que no, a la China Saldívar y que sí: a la tercera va la vencida, decía, el que la sigue la consigue, feliz. Lo festejamos en el barcito de los cachascanistas de la calle San Martín. Mudo, encogido, triste en su silla del rincón, Cuéllar se aventaba capitán tras capitán: no pongas esa cara, hermano, ahora le tocaba a él. Que se escogiera una hembrita y le cayera, le decíamos, te haremos el bajo, lo ayudaríamos y nuestras enamoradas también. Sí, sí, ya escogería, capitán tras capitán, y de repente, chau, se paró: estaba cansado, me voy a dormir. Si se quedaba iba a llorar, decía Mañuco, y Choto estaba que se aguantaba las ganas, y Chingolo si no lloraba le daba una pataleta como la otra vez. Y Lalo: había que ayudarlo, lo decía en serio, le conseguiríamos una hembrita aunque fuera feíta, y se le quitaría el complejo. Sí, sí, lo ayudaríamos, era buena gente, un poco fregado a veces pero en su caso cualquiera, se le comprendía, se le perdonaba, se le extrañaba, se le quería, tomemos a su salud, Pichulita, choquen los vasos, por ti.

Desde entonces, Cuéllar se iba solo a la matiné los domingos y días feriados —lo veíamos en la oscuridad de la platea, sentadito en las filas de atrás, encendiendo pucho tras pucho, espiando a la disimulada a las parejas que tiraban plan—, y se reunía con ellos nada más que en las noches, en el Billar, en el *"Bransa"*, en el *"Cream Rica"*, la cara amarga, ¿qué tal domingo?, y la voz ácida, él muy bien y ustedes me imagino que requetebién ¿no?

Pero en el verano ya se le había pasado el colerón; íbamos juntos a la playa —a *"La Herradura"*, ya no a Miraflores—, en el auto que sus viejos le habían regalado por Navidad, un Ford convertible que tenía el escape abierto, no respetaba los semáforos y ensordecía, asustaba a los transeúntes. Mal que mal, se había hecho amigo de las chicas y se llevaba bien con ellas, a pesar de que siempre, Cuéllar, lo andaban fundiendo con la misma cosa: ¿por qué no le caes a alguna muchacha de una vez? Así serían cinco parejas y saldríamos en patota todo el tiempo y estarían para arriba y para abajo juntos ¿por qué no lo haces? Cuéllar se defendía bromeando, no porque entonces ya no cabrían todos en el poderoso Ford y

una de ustedes sería la sacrificada, despis-
tando, ¿acaso nueve no íbamos apachurra-
dos? En serio, decía Pusy, todos tenían enamorada y él no, ¿no te cansas de tocar violín? Que le cayera a la flaca Gamio, se muere por ti, se los había confesado el otro día,
donde la China, jugando a la berlina, ¿no te
gusta? Cáele, le haríamos corralito, lo acep-
taría, decídete. Pero él no quería tener enamorada y ponía cara de forajido, prefiero
mi libertad, y de conquistador, solterito se
estaba mejor. Tu libertad para qué, decía la
China, ¿para hacer barbaridades?, y Chabuca ¿para irse de plancito?, y Pusy ¿con
huachafitas?, y él cara de misterioso, a lo
mejor, de cafiche, a lo mejor y de vicioso:
podía ser. ¿Por qué ya nunca vienes a nuestras fiestas?, decía Fina, antes venías a todas y eras tan alegre y bailabas tan bien,
¿qué te pasó, Cuéllar? Y Chabuca que no
fuera aguado, ven y así un día encontrarás
una chica que te guste y le caerás. Pero él
ni de a vainas, de perdido, nuestras fiestas
lo aburrían, de sobrado avejentado, no iba
porque tenía otras mejores donde me di-
vierto más. Lo que pasa es que no te gustan
las chicas decentes, decían ellas, y él como
amigas claro que sí, y ellas sólo las cholas,
la medio pelo, las bandidas y, de pronto,
Pichulita, sssí le gggggustabbbban, comen-

zaba, las chicccas decenttttes, a tartamudear, sssólo qqqque la flaccca Gamio nnno, ellas ya te muñequeaste y él addddemás no habbbía tiempo por los exámmmenes y ellos déjenlo en paz, salíamos en su defensa, no lo van a convencer, él tenía sus plancitos, sus secretitos, apúrate hermano, mira qué sol, *"La Herradura"* debe estar que arde, hunde la pata, hazlo volar al poderoso Ford.

Nos bañábamos frente a *"Las Gaviotas"* y, mientras las cuatro parejas se asoleaban en la arena, Cuéllar se lucía corriendo olas. A ver esa que se está formando, decía Chabuca, esa tan grandaza ¿podrás? Pichulita se paraba de un salto, le había dado en la yema del gusto, en eso al menos podía ganarnos: lo iba a intentar, Chabuquita, mira. Se precipitaba —corría sacando pecho, echando la cabeza atrás— se zambullía, avanzaba braceando lindo, pataleando parejito, qué bien nada decía Pusy, alcanzaba el tumbo cuando iba a reventar, fíjate la va a correr, se atrevió decía la China, se ponía a flote y metiendo apenas la cabeza, un brazo tieso y el otro golpeando, jalando el agua como un campeón, lo veíamos subir hasta la cresta de la ola, caer con ella, desaparecer en un estruendo de espuma, fíjense fíjense, en una de ésas lo va a revolcar decía Fina, y lo veían reaparecer y venir arrastrado por la ola, el cuerpo arqueado, la cabeza afuera, los pies cruzados en el aire, y lo veíamos llegar hasta la orilla suavecito, empujadito por los tumbos.

Qué bien las corre, decían ellas mientras Cuéllar se revolvía contra la resaca, nos hacía adiós y de nuevo se arreaba al mar, era tan simpático, y también pintón, ¿por qué no tenía enamorada? Ellos se miraban de reojo, Lalo se reía, Fina qué les pasa, a qué venían esas carcajadas, cuenten, Choto enrojecía, venían porque sí, de nada y además de qué hablas, qué carcajadas, ella no te hagas y él no, si no se hacía, palabra. No tenía porque es tímido, decía Chingolo, y Pusy no era, qué iba a ser, más bien un fresco, y Chabuca ¿entonces por qué? Está buscando pero no encuentra, decía Lalo, ya le caerá a alguna, y la China falso, no estaba buscando, no iba nunca a fiestas, y Chabuca ¿entonces por qué? Saben, decía Lalo, se cortaba la cabeza que sí, sabían y se hacían las que no, ¿para qué?, para sonsacarles, si no supieran por qué tantos porqué, tanta mirada rarita, tanta malicia en la voz. Y Choto: no, te equivocas, no sabían, eran preguntas inocentes, las muchachas se compadecían de que no tuviera hembrita a su edad, les da pena que ande solo, lo querían ayudar. Tal vez no saben pero cualquier día van a saber, decía Chingolo, y será su culpa ¿qué le costaba caerle a alguna aunque fuera sólo para despistar?, y Chabuca ¿entonces por qué?, y Mañuco qué te importa, no lo fundas tanto, el día menos pensado se enamoraría, ya vería, y ahora cállense que ahí está.

A medida que pasaban los días, Cuéllar se volvía más huraño con las muchachas, más lacónico y esquivo. También más loco: aguó la fiesta de cumpleaños de Pusy arrojando una sarta de cuetes por la ventana, ella se echó a llorar y Mañuco se enojó, fue a buscarlo, se trompearon, Pichulita le pegó. Tardamos una semana en hacerlos amistar, perdón Mañuco, caray, no sé qué me pasó, hermano, nada, más bien yo te pido perdón, Pichulita, por haberme calentado, ven ven, también Pusy te perdonó y quiere verte; se presentó borracho en la Misa de Gallo y Lalo y Choto tuvieron que sacarlo en peso al Parque, suéltenme, delirando, le importaba un pito, buitreando, quisiera tener un revólver, ¿para qué, hermanito?, con diablos azules, ¿para matarnos?, sí y lo mismo a ese que pasa pam pam y a ti y a mí también pam pam; un domingo invadió la Pelouse del Hipódromo y con su Ford fffuum embestía a la gente ffffuum que

chillaba y saltaba las barreras, aterrada,
ffffuum. En los Carnavales, las chicas le
huían: las bombardeaba con proyectiles hediondos, cascarones, frutas podridas, globos inflados con pipí y las refregaba con
barro, tinta, harina, jabón (de lavar ollas)
y betún: salvaje, le decían, cochino, bruto,
animal, y se aparecía en la fiesta del *Terrazas*", en el Infantil del Parque de Barranco,
en el baile del *"Lawn Tennis"*, sin disfraz,
un chisguete de éter en cada mano, píquiti
píquiti juas, le di, le di en los ojos, ja ja,
píquiti píquiti juas, la dejé ciega, ja ja, o armado con un bastón para enredarlo en los
pies de las parejas y echarlas al suelo: bandangán. Se trompeaba, le pegaban, a veces
lo defendíamos pero no escarmienta con
nada, decíamos, en una de éstas lo van a
matar.

Sus locuras le dieron mala fama y Chingolo, hermano, tienes que cambiar, Choto,
Pichulita, te estás volviendo antipático, Mañuco, las chicas ya no querían juntarse con
él, te creían un bandido, un sobrado y un
pesado. El, a veces tristón, era la última
vez, cambiaría, palabra de honor, y a veces
matón, ¿bandido, ah sí?, ¿eso decían de mí
las rajonas?, no le importaba, las pituqui-
tas se las pasaba, le resbalaban, por aquí.

En la fiesta de promoción —de etiqueta,

dos orquestas, en el Country Club—, el único ausente de la clase fue Cuéllar. No seas tonto, le decíamos, tienes que venir, nosotros te buscamos una hembrita, Pusy ya le habló a Margot, Fina a Ilse, la China a Elena, Chabuca a Flora, todas querían, se morían por ser tu pareja, escoge y ven a la fiesta. Pero él no, qué ridículo ponerse smoking, no iría, que más bien nos juntáramos después. Bueno Pichulita, como quisiera, que no fuera, eres contra el tren, que nos esperara en "*El Chasqui*" a las dos, dejaríamos a las muchachas en sus casas, lo recogeríamos y nos iríamos a tomar unos tragos, a dar unas vueltas por ahí, y él tristoncito eso sí.

4

Al año siguiente, cuando Chingolo y Mañuco estaban ya en Primero de Ingeniería, Lalo en Pre-Médicas y Choto comenzaba a trabajar en la *"Casa Wiese"* y Chabuca ya no era enamorada de Lalo sino de Chingolo y la China ya no de Chingolo sino de Lalo, llegó a Miraflores Teresita Arrarte: Cuéllar la vio y, por un tiempo al menos, cambió. De la noche a la mañana dejó de hacer locuras y de andar en mangas de camisa, el pantalón chorreado y la peluca revuelta. Empezó a ponerse corbata y saco, a peinarse con montaña a lo Elvis Presley y a lustrarse los zapatos: qué te pasa, Pichulita, estás que no se te reconoce, tranquilo chino. Y él nada, de buen humor, no me pasa nada, había que cuidar un poco la pinta ¿no?, soplándose, sobándose las uñas, parecía el de antes. Qué alegrón, hermano, le decíamos, qué revolución verte así, ¿no será que? y él, como una melcocha, a lo mejor. ¿Teresita?, de repente pues, ¿le gustaba?, puede que sí, como un chicle, puede que sí.

De nuevo se volvió sociable, casi tanto como de chiquito. Los domingos aparecía en la misa de doce (a veces lo veíamos comulgar) y a la salida se acercaba a las muchachas del barrio ¿cómo están?, qué hay Teresita, ¿íbamos al Parque?, que nos sentáramos en esa banca que había sombrita. En las tardes, al oscurecer, bajaba a la Pista de Patinaje y se caía y se levantaba, chistoso y conversador, ven ven Teresita, él le iba a enseñar, ¿y si se caía?, no qué va, él le daría la mano, ven ven, una vueltecita no más, y ella bueno, coloradita y coqueta, una sola pero despacito, rubiecita, potoncita y con sus dientes de ratón, vamos pues. Le dio también por frecuentar el "Regatas", papá, que se hiciera socio, todos sus amigos iban y su viejo okey, compraré una acción, ¿iba a ser boga, muchacho?, sí, y el Bowling de la Diagonal. Hasta se daba sus vueltas los domingos en la tarde por el Parque Salazar, y se lo veía siempre risueño. Teresita ¿sabía en qué se parecía un elefante a Jesús?, servicial, ten mis anteojos, Teresita, hay mucho sol, hablador, ¿qué novedades, Teresita, por tu casa todos bien? y convidador ¿un hot-dog, Teresita, un sandwichito, un milk-shake?

Ya está, decía Fina, le llegó su hora, se enamoró. Y Chabuca qué templado estaba,

90

la miraba a Teresita y se le caía la baba, y ellos en las noches, alrededor de la mesa de billar, mientras lo esperábamos ¿le caerá?, Choto ¿se atreverá?, y Chingolo ¿Tere sabrá? Pero nadie se lo preguntaba de frente y él no se daba por enterado con las indirectas, ¿viste a Teresita?, sí, ¿fueron al cine?, a la de Ava Gardner, a la matiné, ¿y qué tal?, buena, bestial, que fuéramos, no se la pierdan. Se quitaba el saco, se arremangaba la camisa, cogía el taco, pedía cerveza para los cinco, jugaban y una noche, luego de una carambola real, a media voz, sin mirarnos: ya está, lo iban a curar. Marcó sus puntos, lo iban a operar, y ellos ¿qué decía, Pichulita?, ¿de veras te van a operar?, y él como quien no quiere la cosa ¿qué bien, no? Se podía, sí, no aquí sino en Nueva York, su viejo lo iba a llevar, y nosotros qué magnífico, hermano, qué formidable, qué notición, ¿cuándo iba a viajar?, y él pronto, dentro de un mes, a Nueva York, y ellos que se riera, canta, chilla, ponte feliz, hermanito, qué alegrón. Sólo que no era seguro todavía, había que esperar una respuesta del doctor, mi viejo ya le escribió, no un doctor sino un sabio, un cráneo de esos que tienen allá y él, papá ¿ya llegó?, no, y al día siguiente ¿hubo correo, mamá?, no corazón, cálmate, ya llegará, no había

que ser impaciente y por fin llegó y su viejo
lo agarró del hombro: no, no se podía, muchacho, había que tener valor. Hombre, qué
lástima, le decían ellos, y él pero puede que
en otras partes sí, en Alemania por ejemplo, en París, en Londres, su viejo iba a averiguar, a escribir mil cartas, se gastaría lo
que no tenía, muchacho, y viajaría, lo operarían y se curaría, y nosotros claro, hermanito, claro que sí, y cuando se iba, pobrecito, daban ganas de llorar. Choto: en qué
maldita hora vino Teresita al barrio, y Chingolo él se había conformado y ahora está
desesperado y Mañuco pero a lo mejor más
tarde, la ciencia adelantaba tanto ¿no es
cierto?, descubrirían algo y Lalo no, su tío
el médico le había dicho no, no hay forma,
no tiene remedio y Cuéllar ¿ya papá?, todavía, ¿de París, mamá?, ¿y si de repente en
Roma?, ¿de Alemania, ya?

Y entretanto comenzó de nuevo a ir a
fiestas y, como para borrar la mala fama
que se había ganado con sus locuras de rocanrolero y comprarse a las familias, se
portaba en los cumpleaños y salchicha-parties como un muchacho modelo: llegaba
puntual y sin tragos, un regalito en la mano,
Chabuquita, para ti, feliz cumplete, y estas
flores para tu mamá, dime ¿vino Teresita?
Bailaba muy tieso, muy correcto, pareces

un viejo, no apretaba a su **pareja**, a las chicas que planchaban ven gordita vamos a bailar, y conversaba con las mamás, los papás, y atendía sírvase señora a las tías, ¿le paso un juguito?, a los tíos ¿un traguito?, galante, qué bonito su collar, cómo brillaba su anillo, locuaz, ¿fue a las carreras, señor, cuándo se saca el pollón? y piropeador, es usted una criolla de rompe y raja, señora, que le enseñara a quebrar así, don Joaquín, qué daría por bailar así.

Cuando estábamos conversando, sentados en una banca del Parque, y llegaba Teresita Arrarte, en una mesa del *"Cream Rica"*, Cuéllar cambiaba, o en el barrio, de conversación: quiere asombrarla, decían, hacerse pasar por un cráneo, la trabaja por la admiración. Hablaba de cosas raras y difíciles: la religión (¿Dios que era todopoderoso podía acaso matarse siendo inmortal?, a ver, quién de nosotros resolvía el truco), la política (Hitler no fue tan loco como contaban, en unos añitos hizo de Alemania un país que se le emparó a todo el mundo ¿no?, qué pensaban ellos), el espiritismo (no era cosa de superstición sino ciencia, en Francia había médiums en la Universidad y no sólo llaman a las almas, también las fotografían, él había visto un libro, Teresita, si quería lo conseguía y te lo presto). Anunció que iba a estudiar: el año próximo entraría a la Católica y ella disforzada qué bien, ¿qué carrera iba a seguir? y le metía por los ojos sus manitas blancas, seguiría abogacía, sus deditos gordos y sus uñas largas, ¿abogacía? ¡uy, qué feo!, pintadas color natural, entristeciéndose y él pero no para ser picapleitos sino para entrar a Torre Tagle y ser diplomático, alegrándose, manitas, ojos, pestañas, y él sí, el Ministro era amigo de su viejo, ya le había hablado, ¿diplomático?, boquita, ¡uy, qué lindo! y él, derritiéndose, muriéndose, por supuesto, se viajaba tanto, y ella también eso y además uno se pasaba la vida en fiestas: ojitos.

El amor hace milagros, decía Pusy, qué formalito se ha puesto, qué caballerito. Y la China: pero era un amor de lo más raro, ¿si estaba tan templado de Tere por qué no le caía de una vez?, y Chabuca eso mismo ¿qué esperaba?, ya hacía más de dos meses que la perseguía y hasta ahora mucho ruido y pocas nueces, qué tal plan. Ellos, entre ellos, ¿sabrán o se harán?, pero frente a ellas lo defendíamos disimulando: despacito se iba lejos, muchachas. Es cosa de orgullo, decía Chingolo, no querrá arriesgarse hasta estar seguro que lo va a aceptar. Pero claro que lo iba a aceptar, decía Fina, ¿no le hacía ojitos, mira a Lalo y la China qué acarameladitos, y le lanzaba indirectas, qué bien patinas, qué rica tu chompa, qué abrigadita y hasta se le declaraba jugando, mi pareja serás tú? Justamente por eso desconfía, decía Mañuco, con las coquetas como Tere nunca se sabía, parecía y después no. Pero Fina y Pusy no, mentira, ellas le habían preguntado ¿lo aceptarás? y ella dio a entender que sí, y Chabuca ¿acaso no salía tanto con él, en las fiestas no bailaba sólo con él, en el cine con quién se sentaba sino con él? Más claro no cantaba un gallo: se muere por él. Y la China más bien tanto esperar que le cayera se iba a cansar, aconséjenle que de una vez y si quería una oportunidad se la daríamos, una fiestecita por ejemplo el sábado, bailarían un ratito, en mi casa o en la de Chabuca o donde Fina, nos saldríamos al jardín y los dejarían solos a los dos, qué más podía pedir. Y en el billar: no sabían, qué inocentes, o qué hipócritas, sí sabían y se hacían.

Las cosas no pueden seguir así, dijo Lalo un día, lo tenía como a un perro, Pichulita se iba a volver loco, se podía hasta morir de amor, hagamos algo, ellos sí pero qué, y Mañuco averiguar si de veras Tere se muere por él o era cosa de coquetería. Fueron a su casa, le preguntamos, pero ella sabía las de Quico y Caco, nos come a los cuatro juntos, decían. ¿Cuéllar?, sentadita en el balcón de su casa, pero ustedes no le dicen Cuéllar sino una palabrota fea, balanceándose para que la luz del poste le diera en las piernas, ¿se muere por mí?, no estaban mal, ¿cómo sabíamos? Y Choto no te hagas, lo sabía y ellos también y las chicas y por todo Miraflores lo decían y ella, ojos, boca, naricita, ¿de veras?, como si viera a un marciano: primera noticia. Y Mañuco anda Teresita, que fuera franca, a calzón quitado, ¿no se daba cuenta cómo la miraba? Y ella ay, ay, ay, palmoteando, manitas, *dientes*, zapatitos, que miráramos, ¡una mariposa!, que corriéramos, la cogiéramos y se la trajéramos. La miraría, sí, pero como un amigo y, además, qué bonita, tocándole las alitas, deditos, uñas, vocecita, la mataron, pobrecita, nunca le decía nada. Y ellos qué cuento, qué mentira, algo le diría, por lo menos la piropearía y ella no, palabra, en su jardín le haría un huequito y la enterraría, un rulito, el cuello, las orejitas, nunca, nos juraba. Y Chingolo ¿no se daba cuenta acaso cómo la seguía?, y Teresita la seguiría pero como amigo, ay, ay, ay, zapateando, puñitos, ojazos, no estaba muerta la bandida ¡se voló!, cintura y tetitas, pues, si no, siquiera le habría agarrado la mano ¿no? o mejor dicho intentado ¿no?, ahí está, ahí, que co-

rriéramos, o se le habría declarado ¿no?,
y de nuevo la cogiéramos: es que es tímido,
decía Lalo, tenla pero, cuidado, te vas a
manchar, y no sabe si lo aceptarás, Teresita, ¿lo iba a aceptar? y ella aj, aj, arruguitas, frentecita, la mataron y la apachurra-
ron, un hoyito en los cachetes, pestañitas,
cejas, ¿a quién? y nosotros cómo a quién y
ella mejor la botaba, así como estaba, toda
apachurrada, para qué la iba a enterrar:
hombritos. ¿Cuéllar?, y Mañuco sí, ¿le daba
bola?, no sabía todavía y Choto entonces sí
le gustaba, Teresita, sí le daba bola, y ella
no había dicho eso, sólo que no sabía, ya
vería si se presentaba la ocasión pero seguro que no se presentaría y ellos a que sí.
Y Lalo ¿le parecía pintón?, y ella ¿Cuéllar?,
codos, rodillas, sí, era un poquito pintón
¿no? y nosotros ¿ves, ves cómo le gustaba?
y ella no había dicho eso, que no le hi-
ciéramos trampas, miren, la mariposita
brillaba entre los geranios del jardín ¿o era
otro bichito?, la punta del dedito, el pie,
un taconcito blanco. Pero por qué tenía ese
apodo tan feo, éramos muy malcriados, por
qué no le pusieron algo bonito como al
Pollo, a Boby, a Supermán o al Conejo Villarán, y nosotros sí le daba, sí le daba
¿veía?, lo compadecía por su apodo, entonces sí lo quería, Teresita, y ella ¿quería?,

un poquito, ojos, carcajadita, sólo como amigo, claro.

Se hace la que no, decíamos, pero no hay duda que sí: que Pichulita le caiga y se acabó, hablémosle. Pero era difícil y no se atrevían.

Y Cuéllar, por su parte, tampoco se decidía: seguía noche y día detrás de Teresita Arrarte, contemplándola, haciéndole gracias, mimos y en Miraflores los que no sabían se burlaban de él, calentador, le decían, pura pinta, perrito faldero y las chicas le cantaban *"Hasta cuándo, hasta cuándo"* para avergonzarlo y animarlo. Entonces, una noche lo llevamos al *Cine Barranco* y, al salir, hermano, vámonos a *"La Herradura"* en tu poderoso Ford y él okey, se tomarían unas cervezas y jugarían futbolín, regio. Fuimos en su poderoso Ford, roncando, patinando en las esquinas y en el Malecón de Chorrillos un cachaco los paró, íbamos a más de cien, señor, cholito, no seas así, no había que ser malito, y nos pidió brevete y tuvieron que darle una libra, ¿señor?, tómate unos piscos a nuestra salud, cholito, no hay que ser malito, y en *"La Herradura"* bajaron y se sentaron en una mesa de *"El Nacional"*: qué cholada, hermano, pero esa huachafita no estaba mal y cómo bailan, era más chistoso que el

circo. Nos tomamos dos *"Cristales"* y no
se atrevían, cuatro y nada, seis y Lalo comenzó. Soy tu amigo, Pichulita, y él se rio
¿borracho ya? y Mañuco te queremos mucho, hermano, y él ¿ya?, riéndose, ¿borra-
chera cariñosa tú también? y Chingolo:
querían hablarle, hermano, y también acon-
sejarlo. Cuéllar cambió, palideció, brindó,
qué graciosa esa pareja ¿no?, él un rena-
cuajo y ella una mona ¿no?, y Lalo para
qué disimular, patita, ¿te mueres por Tere,
no? y él tosió, estornudó, y Mañuco, Pichulita, dinos la verdad ¿sí o no? y él se rio,
tristón y temblón, casi no se le oyó: ssse
mmmoría, sssí. Dos *"Cristales"* más y Cuéllar no sabía qqqué iba a hacer, Choto, ¿qué
podía hacer? y él caerle y él no puede ser,
Chingolito, cómo le voy a caer y él cayén-
dole, patita, declarándole su amor, pues, te
va a decir sí. Y él no era por eso, Mañuco,
le podía decir sí pero ¿y después? Tomaba
su cerveza y se le iba la voz y Lalo después
sería después, ahora cáele y ya está, a lo
mejor dentro de un tiempo se iba a curar
y él, Chotito, ¿y si Tere sabía, si alguien se
lo decía?, y ellos no sabía, nosotros ya la
confesamos, se muere por ti y a él le volvía
la voz ¿se muere por mí? y nosotros sí, y él
claro que tal vez dentro de un tiempo me
puedo curar ¿nos parecía que sí? y ellos sí,

sí, Pichulita, y en todo caso no puedes seguir así, amargándose, enflaqueciéndote, chupándose: que le cayera de una vez. Y Lalo ¿cómo podía dudar? Le caería, tendría enamorada y él ¿qué haría? y Choto tiraría plan y Mañuco le agarraría la mano y Chingolo la besaría y Lalo la palatearía su poquito y él ¿y después? y se le iba la voz y ellos ¿después?, y él después, cuando crecieran y tú te casaras, y él y tú y Lalo: qué absurdo, cómo ibas a pensar en eso desde ahora, y además es lo de menos. Un día la largaría, le buscaría pleito con cualquier pretexto y pelearía y así todo se arreglaría y él, queriendo y no queriendo hablar: justamente era eso lo que no quería, porque, porque la quería. Pero un ratito después —diez "Cristales" ya— hermanos, teníamos razón, era lo mejor: le caeré, estaré un tiempo con ella y la largaré.

Pero las semanas corrían y nosotros cuándo, Pichulita, y él mañana, no se decidía, le caería mañana, palabra, sufriendo como nunca lo vieron antes ni después, y las chicas *"estás perdiendo el tiempo, pensando, pensando"* cantándole el bolero *"Quizás, quizás, quizás"*. Entonces le comenzaron las crisis: de repente tiraba el taco al suelo en el Billar, ¡cáele, hermano!, y se ponía a requintar a las botellas o a los puchos, y le buscaba lío a cualquiera o se le saltaban las lágrimas, mañana, esta vez era verdad, por su madre que sí: me le declaro o me mato. "*Y así pasan los días, y tú desesperando...*" y él se salía de la vermuth y se ponía a caminar, a trotar por la Avenida Larco, déjenme, como un caballo loco, y ellos detrás, váyanse, quería estar solo, y nosotros cáele, Pichulita, no sufras, cáele, cáele, "*quizás, quizás, quizás*". O se metía en "*El Chasqui*" y tomaba, qué odio sentía, Lalo, hasta emborracharse, qué terrible pena, Chotito, y ellos lo acompañaban, ¡tengo ganas de matar, hermano!, y lo llevábamos medio cargado hasta la puerta de su casa, Pichulita, decídete de una vez, cáele, y ellas mañana y tarde "*por lo que tú más quieras, hasta cuándo, hasta cuándo*". Le hacen la vida imposible, decíamos, acabará borrachín, forajido, locumbeta.

Así terminó el invierno, comenzó otro verano y con el sol y el calor llegó a Miraflores un muchacho de San Isidro que estudiaba arquitectura, tenía un Pontiac y era nadador: Cachito Arnilla. Se arrimó al grupo y al principio ellos le poníamos mala cara y las chicas qué haces tú aquí, quién te invitó, pero Teresita déjenlo, blusita blanca, no lo fundan, Cachito siéntate a mi lado, gorrita de marinero, blue jeans, yo lo invité. Y ellos, hermano, ¿no veía?, y él sí, la está siriando, bobo, te la va a quitar, adelántate o vas muerto, y él y qué tanto que se la quitara y nosotros ¿ya no le importaba? y él qqqué le ibbba a importar y ellos ¿ya no la quería?, qqqué la ibbba a qqquerrer.

Cachito le cayó a Teresita a fines de enero y ella que sí: pobre Pichulita, decíamos, qué amargada y de Tere qué coqueta, qué desgraciada, qué perrada le hizo. Pero las chicas ahora la defendían: bien hecho, de quién iba a ser la culpa sino de él, y Chabuca ¿hasta cuándo iba a esperar la pobre Tere que se decidiera?, y la China qué iba a ser una perrada, al contrario, la perrada se la hizo él, la tuvo perdiendo su tiempo tanto tiempo y Pusy además Cachito era muy bueno, Fina y simpático y pintón y Chabuca y Cuéllar un tímido y la China un maricón.

5

Entonces Pichula Cuéllar volvió a las andadas. Qué bárbaro, decía Lalo, ¿corrió olas en Semana Santa? Y Chingolo: olas no, olones de cinco metros, hermano, así de grandes, de diez metros. Y Choto: hacían un ruido bestial, llegaban hasta las carpas, y Chabuca más, hasta el Malecón, salpicaban los autos de la pista y, claro, nadie se bañaba. ¿Lo había hecho para que lo viera Teresita Arrarte?, sí, ¿para dejarlo mal al enamorado?, sí. Por supuesto, como diciéndole Tere fíjate a lo que me atrevo y Cachito a nada, ¿así que era tan nadador?, se remoja en la orillita como las mujeres y las criaturas, fíjate a quién te has perdido, qué bárbaro.

¿Por qué se pondría el mar tan bravo en Semana Santa?, decía Fina, y la China de cólera porque los judíos mataron a Cristo, y Choto ¿los judíos lo habían matado?, él creía que los romanos, qué sonso. Estábamos sentados en el Malecón, Fina, en ropa de baño, Choto, las piernas al aire,

Mañuco, los olones reventaban, la China, y
venían y nos mojaban los pies, Chabuca,
qué fría estaba, Pusy, y qué sucia, Chingolo, el agua negra y la espuma café, Teresita,
llena de yerbas y malaguas y Cachito Arnilla, y en eso pst pst, fíjense, ahí venía Cuéllar. ¿Se acercaría, Teresita?, ¿se haría el
que no te veía? Cuadró el Ford frente al
Club de Jazz de *"La Herradura"*, bajó, entró a *"Las Gaviotas"* y salió en ropa de baño
—una nueva, decía Choto, una amarilla,
una Jantsen y Chingolo hasta en eso pensó,
lo calculó todo para llamar la atención
¿viste, Lalo?—, una toalla al cuello como
una chalina y anteojos de sol. Miró con
burla a los bañistas asustados, arrincona-
dos entre el Malecón y la playa y miró los
olones alocados y furiosos que sacudían la
arena y alzó la mano, nos saludó y se acercó. Hola Cuéllar, ¿qué tal ensartada, no?,
hola, hola, cara de que no entendía, ¿mejor
hubieran ido a bañarse a la piscina del
"Regatas", no?, qué hay, cara de porqué,
qué tal. Y por fin cara de ¿por los olones?:
no, qué ocurrencia, qué tenían, qué nos pasaba (Pusy: la saliva por la boca y la sangre por las venas, ja ja), si el mar estaba
regio así, Teresita ojitos, ¿lo decía en serio?, sí, formidable hasta para correr olas,
¿estaba bromeando, no?, manitas y Cachi-

to ¿él se atrevería a bajarlas?, claro, a puro pecho o con colchón, ¿no le creíamos?, no, ¿de eso nos reíamos?, ¿tenían miedo?, ¿de veras?, y Tere ¿él no tenía?, no, ¿iba a entrar?, sí, ¿iba a correr olas?, claro: grititos. Y lo vieron quitarse la toalla, mirar a Teresita Arrarte (¿se pondría colorada, no?, decía Lalo, y Choto no, qué se iba a poner, ¿y Cachito?, sí, él se muñequeó) y bajar corriendo las gradas del Malecón y arrearse al agua dando un mortal. Y lo vimos pasar rapidito la resaca de la orilla y llegar en un dos por tres a la reventazón. Venía una ola y él se hundía y después salía y se metía y salía, ¿qué parecía?, un pescadito, un bufeo, un gritito, ¿dónde estaba?, otro, mírenlo, un bracito, ahí, ahí. Y lo veían alejarse, desaparecer, aparecer y achicarse hasta llegar donde empezaban los tumbos, Lalo, qué tumbos: grandes, temblones, se levantaban y nunca caían, saltitos, ¿era esa cosita blanca?, nervios, sí. Iba, venía, volvía, se perdía entre la espuma y las olas y retrocedía y seguía, ¿que parecía?, un patillo, un barquito de papel, y para verlo mejor Teresita se paró, Chabuca, Choto, todos, Cachito también, pero ¿a qué hora las iba a correr? Se demoró pero por fin se animó. Se volteó hacia la playa y nos buscó y él nos hizo y ellos le hicieron adiós, adiós, toallita. Dejó pasar uno, dos, y al tercer tumbo lo vieron, lo adivinamos meter la cabeza, impulsarse con un brazo para pescar la corriente, poner el cuerpo duro y patalear. La agarró, abrió los brazos, se elevó (¿un olón de ocho metros?, decía Lalo, más, ¿como el techo?, más, ¿como la catarata del Niágara, entonces?, más, mucho más) y cayó con la puntita de la ola y la montaña de agua se lo tragó y apareció el olón, ¿salió, salió? y se acercó roncando como un avión, vomitando espuma, ¿ya, lo vieron, ahí está?, y por fin comenzó a bajar, a perder fuerza y él apareció, quietecito, y la ola lo traía suavecito, forrado de yuyos, cuánto aguantó sin respirar, qué pulmones, y lo varaba en la arena, qué bárbaro: nos había tenido con la lengua afuera, Lalo, no era para menos, claro. Así fue como recomenzó.

A mediados de ese año, poco después de Fiestas Patrias, Cuéllar entró a trabajar en la fábrica de su viejo: ahora se corregirá, decían, se volverá un muchacho formal. Pero no fue así, al contrario. Salía de la oficina a las seis y a las siete estaba ya en Miraflores y a las siete y media en *"El Chasqui"*, acodado en el mostrador, tomando (una *"Cristal"* chica, un capitán) y esperando que llegara algún conocido para jugar cacho. Se anochecía ahí, entre dados, ceniceros repletos de puchos, timberos y botellas de cerveza helada, y remataba las noches viendo un show, en cabarets de mala muerte (el "*Nacional*", el "*Pingüino*", el "*Olímpico*", el "*Turbillón*") o, si andaba muca, acabándose de emborrachar en antros de lo peor, donde podía dejar en prenda su pluma Parker, su reloj Omega, su esclava de oro (cantinas de Surquillo o del Porvenir), y algunas mañanas se lo veía rasguñado, un ojo negro, un mano vendada: se perdió, decíamos, y las muchachas pobre su madre y ellos ¿sabes que ahora se junta con rosquetes, cafichos y pichicateros? Pero los sábados salía siempre con nosotros. Pasaba a buscarlos después del almuerzo y, si no íbamos al Hipódromo o al Estadio, se encerraban donde Chingolo o Mañuco a jugar póquer hasta que oscurecía. Entonces volvíamos a nuestras casas y se duchaban y acicalábamos y Cuéllar los recogía en el poderoso Nash que su viejo le cedió al cumplir la mayoría de edad, muchacho, ya tenía veintiún años, ya puedes votar y su vieja, corazón, no corras mucho que un día se iba a matar. Mientras nos entonábamos en el chino de la esquina con un trago corto, ¿irían al chifa?, discutíamos, ¿a la calle Capón?, y contaban chis-

tes, ¿a comer anticuchos Bajo el Puente?,
Pichulita era un campeón, ¿a la Pizzería?,
saben esa de y qué le dijo la ranita y la del
general y si Toñito Mella se cortaba cuando se afeitaba ¿qué pasaba? se capaba, ja
ja, el pobre era tan huevón.

Después de comer, ya picaditos con los
chistes, íbamos a recorrer bulines, las cervezas, de la Victoria, la conversación, de
Prolongación Huánuco, el sillau y el ají, o
de la Avenida Argentina, o hacían una pas-
canita en el *"Embassy"*, o en el *"Ambassa-
dor"* para ver el primer show desde el bar y
terminábamos generalmente en la Avenida
Grau, donde Nanette. Ya llegaron los miraflorinos, porque ahí los conocían, hola
Pichulita, por sus nombres y por sus apo-
dos, ¿cómo estás? y las polillas se morían
y ellos de risa: estaba bien. Cuéllar se calentaba y a veces las reñía y se iba dando
un portazo, no vuelvo más, pero otras se
reía y les seguía la cuerda y esperaba, bailando, o sentado junto al tocadiscos con
una cerveza en la mano, o conversando con
Nanette, que ellos escogieran su polilla, su-
biéramos y bajaran: qué rapidito, Chingolo, les decía, ¿cómo te fue?, o cuánto te de-
moraste, Mañuco, o te estuve viendo por
el ojo de la cerradura, Choto, tienes pelos
en el poto, Lalo. Y uno de esos sábados,

cuando ellos volvieron al salón, Cuéllar no estaba y Nanette de repente se paró, pagó su cerveza y salió, ni se despidió. Salimos a la Avenida Grau y ahí lo encontraron, acurrucado contra el volante del Nash, temblando, hermano, qué te pasó, y Lalo: estaba llorando, ¿Se sentía mal, mi viejo?, le decían, ¿alguien se burló de ti?, y Choto ¿quién te insultó?, quién, entrarían y le pegaríamos y Chingolo ¿los polillas lo habían estado fundiendo? y Mañuco ¿no iba a llorar por una tontería así, no? Que no les hiciera caso, Pichulita, anda, no llores, y él abrazaba el volante, suspiraba y con la cabeza y la voz rota no, sollozaba, no, no lo habían estado fundiendo, y se secaba los ojos con su pañuelo, nadie se había burlado, quién se iba a atrever. Y ellos cálmate, hombre, hermano, entonces por qué, ¿mucho trago?, no, ¿estaba enfermo?, no, nada, se sentía bien, lo palmeábamos, hombre, viejo, hermano, lo alentaban, Pichulita. Que se serenara, que se riera, que arrancara el potente Nash, vamos por ahí. Se tomarían la del estribo en *"El Turbillón"*, llegaremos justo al segundo show, Pichulita, que andara y que no llorara. Cuéllar se calmó por fin, partió y en la Avenida 28 de Julio ya estaba riéndose, viejo, y de repente un puchero, sincérate con nosotros, qué había pasado, y él nada, caray, se había entristecido un poco nada más, y ellos por qué si la vida era de mamey, compadre, y él de un montón de cosas, y Mañuco de qué por ejemplo, y él de que los hombres ofendieran tanto a Dios por ejemplo, y Lalo ¿de que qué dices?, y Choto ¿quería decir de que pecaran tanto?, y él sí, por ejemplo, ¿qué pelotas, no?, sí, y también de lo que la vida era tan aguada. Y Chingolo qué iba a ser aguada, hombre, era de mamey, y él porque uno se pasaba el tiempo trabajando, o chupando, o jaraneando, todos los días lo mismo y de repente envejecía y se moría ¿qué cojudo, no?, sí. ¿Eso había estado pensando donde Nanette?, ¿eso delante de las polillas?, sí, ¿de eso había llorado?, sí, y también de pena por la gente pobre, por los ciegos, los cojos, por esos mendigos que iban pidiendo limosna en el jirón de la Unión, y por los canillitas que iban vendiendo *La Crónica* ¿qué tonto, no? y por esos cholitos que te lustran los zapatos en la Plaza San Martín ¿qué bobo, no?, y nosotros claro, qué tonto, ¿pero ya se le había pasado, no?, claro, ¿se había olvidado?, por supuesto, a ver una risita para creerte, ja ja. Corre Pichulita, pícala, el fierro a fondo, qué hora era, a qué hora empezaba el show, quién sabía, ¿estaría siempre esa mulata cubana?, ¿cómo se llamaba?, Ana, ¿qué le decían?, la Caimana, a ver, Pichulita, demuéstranos que se te pasó, otra risita: ja ja.

Cuando Lalo se casó con Chabuca, el mismo año que Mañuco y Chingolo se recibían de Ingenieros, Cuéllar ya había tenido varios accidentes y su Volvo andaba siempre abollado, despintado, las lunas rajadas. Te matarás, corazón, no hagas locuras y su viejo era el colmo, muchacho, hasta cuándo no iba a cambiar, otra palomillada y no le daría ni un centavo más, que recapacitara y se enmendara, si no por ti por su madre, se lo decía por su bien. Y nosotros: ya estás grande para juntarte con mocosos, Pichulita. Porque le había dado por ahí. Las noches se las pasaba siempre timbeando con los noctámbulos de *"El Chasqui"* o del *"D'Onofrio"*, o conversando y chupando con los bola de oro, los mafiosos del *"Haití"* (¿a qué hora trabaja, decíamos, o será cuento que trabaja?), pero en el día vagabundeaba de un barrio de Miraflores a otro y se lo veía en las esquinas, vestido como James Dean (blue jeans ajustados, camisita de colores abierta desde el pescue-

113

zo hasta el ombligo, en el pecho una cade-
nita de oro bailando y enredándose entre
los vellitos, mocasines blancos), jugando
trompo con los cocacolas, pateando pelota
en un garaje, tocando rondín. Su carro andaba siempre repleto de roncanroleros de
trece, catorce, quince años y, los domingos,
se aparecía en el *"Waikiki"* (hazme socio,
papá la tabla hawaiana era el mejor deporte para no engordar y él también podría ir,
cuando hiciera sol, a almorzar con la vieja,
junto al mar) con pandillas de criaturas,
mírenlo, mírenlo, ahí está, qué ricura, y
qué bien acompañado se venía, qué frescu-
ra: uno por uno los subía a su tabla hawaiana y se metía con ellos más allá de la
reventazón. Les enseñaba a manejar el Volvo, se lucía ante ellos dando curvas en dos
ruedas en el Malecón y los llevaba al Estadio, al cachascán, a los toros, a las carreras, al Bowling, al box. Ya está, decíamos, era fatal: maricón. Y también: qué le
quedaba, se comprendía, se le disculpaba
pero, hermano, resulta cada día más difícil
juntarse con él, en la calle lo miraban, lo
silbaban y lo señalaban, y Choto a ti te importa mucho el qué dirán, y Mañuco lo ra-
jaban y Lalo si nos ven mucho con él y
Chingolo te confundirán.

Se dedicó un tiempo al deporte y ellos

114

lo hace más que nada para figurar: Pichulita Cuéllar, corredor de autos como antes de olas. Participó en el Circuito de Atocongo y llegó tercero. Salió fotografiado en *La Crónica* y en *El Comercio* felicitando al ganador, Arnaldo Alvarado era el mejor, dijo Cuéllar, el pundonoroso perdedor. Pero se hizo más famoso todavía un poco después, apostando una carrera al amanecer, desde la Plaza San Martín hasta el Parque Salazar, con Quique Ganoza, éste por la buena pista, Pichulita contra el tráfico. Los patrulleros lo persiguieron desde Javier Prado, sólo lo alcanzaron en Dos de Mayo, cómo correría. Estuvo un día en la Comisaría y ¿ya está?, decíamos, ¿con este escándalo escarmentará y se corregirá? Pero a los pocas semanas tuvo su primer accidente grave, haciendo el paso de la muerte —las manos amarradas al volante, los ojos vendados— en la Avenida Angamos. Y el segundo, tres meses después, la noche que le dábamos la despedida de soltero a Lalo. Basta, déjate de niñerías, decía Chingolo, para de una vez que ellos estaban grandes para estas bromitas y queríamos bajarnos. Pero él ni de a juego, qué teníamos, ¿desconfianza en el trome?, ¿tremendos vejetes y con tanto miedo?, no se vayan a hacer pis, ¿dónde había una esquina con agua para dar una curvita resbalando? Estaba desatado y no podían convencerlo, Cuéllar, viejo, ya estaba bien, déjanos en nuestras casas, y Lalo mañana se iba a casar, no quería romperse el alma la víspera, no seas inconsciente, que no se subiera a las veredas, no cruces con la luz roja a esta velocidad, que no fregara. Chocó contra un taxi en Alcanfores y Lalo no se hizo nada, pero Mañuco y Choto se hincharon la cara y él se rompió tres costillas. Nos peleamos y un tiempo después los llamó por teléfono y nos amistamos y fueron a comer juntos pero esta vez algo se había fregado entre ellos y él y nunca más fue como antes.

Desde entonces nos veíamos poco y cuando Mañuco se casó le envió parte de matrimonio sin invitación, y él no fue a la despedida y cuando Chingolo regresó de Estados Unidos casado con una gringa bonita y con dos hijos que apenitas chapurreaban español, Cuéllar ya se había ido a la montaña, a Tingo María, a sembrar café, decían, y cuando venía a Lima y lo encontraban en la calle, apenas nos saludábamos, qué hay cholo, cómo estás Pichulita, qué te cuentas viejo, ahí vamos, chau y ya había vuelto a Miraflores, más loco que nunca, y ya se ha había matado, yendo al Norte, ¿cómo?, en un choque, ¿dónde?, en las trai-

cioneras curvas de Pasamayo, pobre, decíamos en el entierro, cuánto sufrió, qué
vida tuvo, pero este final es un hecho que
se lo buscó.

Eran hombres hechos y derechos ya y
teníamos todos mujer, carro, hijos que estudiaban en el Champagnat, la Inmaculada
o el Santa María, y se estaban construyendo una casita para el verano en Ancón, Santa Rosa o las playas del Sur, y comenzábamos a engordar y a tener canas, barrigui-
tas, cuerpos blandos, a usar anteojos para
leer, a sentir malestares después de comer
y de beber y aparecían ya en sus pieles algunas pequitas, ciertas arruguitas.

ÍNDICE

Los cachorros ha sido editado en la colección «Palabra e Imagen» de Editorial Lumen, ilustrado con fotografías de Xavier Miserachs. La primera edición apareció el año 1967.